Julia Trompeter

Frühling in Utrecht

Roman

Schöffling & Co.

Dieses Buch wurde gefördert
von der Kunststiftung NRW.

Davon zuversichtlich später.
Robert Walser

Herfst

Fietsen

Als ich in Utrecht endlich aus dem großen und unübersichtlichen Bahnhofsgebäude gefunden hatte, das in ein großes Einkaufsareal eingebettet ist, sah ich zuerst die vielen Fahrräder in der Radstation am Hauptbahnhof. Hier gab es nicht nur eine unterirdische Tiefgarage, sondern auch zwei weitere riesige Stellplätze mit speziellen zweistöckigen Fahrradständern, deren Konstruktion und Handhabung mir zwar unverständlich waren, die jedoch augenscheinlich Platz sparten. So was hatten wir in Deutschland nicht, also natürlich gab es Fahrräder und solche, die auf den Fahrrädern fuhren, aber beileibe nicht in diesen Ausmaßen. Fahrräder hießen hier *fietsen*, und nicht nur quantitativ, sondern auch qualitativ bestand zwischen Fahrradfahrern und Fietsfahrern ein Unterschied wie Tag und Nacht. Fietsfahrer fuhren generell ohne Helm, und Licht hatte kaum jemand an, auch nicht im Winter oder bei Dunkelheit. Fahren war sowieso der falsche Ausdruck, sie jagten vielmehr in dichten Pulks durch die Stadt, am liebsten zu zweit oder dritt nebeneinander her und völlig ins Gespräch vertieft. Es schien mir gar, als schaue niemand auf die Straße dabei. Ganz so, als sei das Fietsfahren den Niederländern etwas wie Atmen, etwas Angeborenes, das man so ganz nebenbei machte. *Fietsiture automatique.* Ich hingegen kam mir ziemlich schwerfällig vor auf meinem pinken Rad, das an mir nichts Elegantes hatte, und ich nichts auf ihm.

Mir fielen die wenigen Reitstunden aus meiner Mädchenzeit ein. Auf dem Pferderücken hatte ich in etwa genauso gehangen, wie ich jetzt auf dem Fahrradsattel saß, zu gebückt, zu schlaff, als hätte ich nicht einen Muskel im Leib. Spaß gemacht hatte es auch nicht. Besonders das Voltigieren. Es hatte schon damit angefangen, dass ich nicht auf den Sattel kam, immer dieses Aufspringen aufs Pferd aus dem Lauf, ich weiß bis heute nicht, wie das gehen soll. Hier sah ich manchmal, dass Menschen aus dem Lauf auf ihr Fahrrad sprangen, irgendwie von hinten, so schnell und elegant ging das, dass ich einfach nicht dahinterkam, wie sie das machten. Am Morgen meiner Abreise war ich auch auf ein Pferd gestiegen, oder besser gesagt *in* ein Pferd, ein eisernes nämlich, wobei der alte indianische Vergleich bei den modernen Zügen kaum noch berechtigt schien. Die waren doch eher aus Plastik, außerdem verlief meine Strecke nicht durch die Black Hills wie in diesem Stummfilm über die transkontinentale Eisenbahn in Amerika, sondern von Berlin nach Amersfoort. Von da aus war ich dann noch einmal umgestiegen, in einen IC Richtung Utrecht, relativ spontan, denn eigentlich wusste ich noch gar nicht genau, wohin eigentlich, wohin mit mir. Mein anvisiertes Reiseziel hieß *weg*, weg aus Berlin, weg aus Deutschland, und weil ich nicht gerne flog und zudem, außer dem Englischen und Lateinischen, keine nennenswerten Sprachkenntnisse besaß, war mir Holland in den Sinn gekommen, oder besser gesagt die Niederlande. Die waren mit dem Zug zu erreichen und, so dachte ich, für mein Verständnis von Fremde abenteuerlich genug. Wohin genau ich nun aber eigentlich wollte, war mir noch nicht klar. Ich kannte mich nicht sonderlich gut aus mit diesem direkten Nachbarland, wusste aufgrund der Enge meines ländlichen, westfälischen Geburtsorts, dem ich nach dem Abitur gerne den Rücken gekehrt hatte, eigentlich nur, dass ich nicht ganz in die Pampa wollte, aber eben auch nicht nach Amsterdam, das mir von der Szene her nicht weit genug weg von Berlin zu sein schien; Den Haag hingegen klang viel zu seriös, und so waren Rotterdam und Utrecht zur Auswahl geblieben. Über Utrecht hatte mal jemand ein Buch geschrieben, so hatte ich im Internet gelesen, in dem es um die Rückführung von beschlagnahmten Fahrrädern nach dem Zweiten Weltkrieg geht. Diese Idee und der Name der Stadt waren mir sympathisch – und so fiel meine Wahl eben auf Utrecht. Erst im Zug hatte ich beschämt bemerkt, dass dieses Utrecht eigentlich Ütrecht gesprochen wurde, und mir war erneut klar geworden, wie wenig Ahnung ich eigentlich hatte: vom Land, von der Stadt, von den Fahrrädern hier.

Gefährlich war es aber eigentlich nicht. Also das Fietsfahren. Wenn ich auf dem morgendlichen Weg zur

Arbeit einmal absteigen wollte, um in einem der vielen kleinen Läden, den *winkels*, ein belegtes Brötchen, das wahrscheinlich wegen der hellrosa Tomatenscheibe, das es zierte, unter der Bezeichnung *broodje gezond* verkauft wurde, zu erstehen, musste ich mir vorher gut überlegen, wie ich das anstellen sollte, ohne eine Massenkarambolage zu verursachen. Am sichersten schien es mir, mich an einer roten Ampel aus dem Verkehr zu ziehen. Also ganz schnell abzusteigen und mein fiets den Rest des Wegs zum winkel zu schieben. Es gab nur ein Problem an dieser Technik: Wenn nämlich keine rote Ampel kommen sollte, dann, ja dann musste ich entweder den Vormittag über hungern oder irgendwann in voller Fahrt abspringen und das Rad mit einem gewagten Ruck aus dem Verkehrsstrom reißen.

Ich werde geschickter darin werden, wenn ich mich erst eingelebt habe oder endlich wieder krankenversichert bin, dachte ich dann, und wer ist schon gleich eine Meisterin in allen Dingen in einer fremden Stadt.

Der November in Utrecht war vom Wetter her wie ein kalter April in Berlin, mit der Ausnahme, dass das Laub nicht spross, sondern von den Bäumen fiel, und es keine Gewitter gab. Ansonsten hatte man es wie in anderen Ländern auch mit den wechselhaften und launischen Kapriolen eines unbeugsam herannahenden Winters zu tun. Über den Grachten stand morgens häufig der Nebel, Boote lagen traurig und halb ersoffen im Wasser, alles war feucht und klamm. Als ich vorhin über die kleine Brücke in der Nähe meiner Wohnung gefahren war, hatte ich einen Bootsbesitzer in seinem beinahe gekenterten Boot stehen und Wasser herausschöpfen sehen. Er war vielleicht gar nicht traurig dabei, aber von außen betrachtet war dies eine höchst melancholische Szene, die mir noch tagelang nachging. Der Bootsfahrer im Herbst, dachte ich. Und wenn ich dazu in der Lage gewesen wäre, hätte ich ein Bild davon gemalt. Aber weil ich nicht malen konnte, höchstens mit Buchstaben und auch nur an guten Tagen, deshalb nahm ich mir vor, es wenigstens kurz zu notieren, also wie poetisch das war. Das mit dem Bootsfahrer auf der Gracht im November. Und ich fragte mich, was das wohl dauerhaft mit mir anstellen würde, wenn ich von nun an jeden Tag durch eine solche im wahrsten Sinne des Wortes beschauliche Landschaft fahren würde. Überall Schönheit, nur Schönheit, so dachte ich jeden Morgen, besonders natürlich, wenn die Sonne schien. Schöne kleine Häuser mit großen Fenstern gab es hier, sodass man die Einrichtungen gut sehen konnte. Überall kleine Grachten und Brücken und Einzelhandel. Jede Menge Einzelhandel. Es gab zum Beispiel einen *poelier*, einen Metzger extra für Vögel. Während auf jemanden, der Vögel zerlegte, das Wort Metzger nun wirklich nicht passte, gefiel mir die Bezeichnung *poelier* außerordentlich gut.

Auch das Wort *winkel* für die vielen kleinen Geschäfte an den verwinkelten Sträßchen fand ich trefflich gewählt, wobei es leider auch für den Media Markt am Hauptbahnhof benutzt wurde. Dieser war ein sogenannter *electronicawinkel* – ebenso riesig und grauenhaft hässlich wie seine Pendants überall sonst auf der Welt. Durch die Assoziationskette, die ungewollt bei Media Markt geendet war, hatte das poetische Gefühl leider Konkurrenz von einem sehr unpoetischen bekommen. Ich seufzte. Wie sollte ich da heute noch etwas einigermaßen Anschauliches notieren? Mit Media Markt im Kopf? *Dat is dom*, hätte ich sagen können, wenn ich mich denn schon getraut hätte, ein bisschen zu sprechen. Doch ich haderte noch viel zu sehr mit den Tücken zweier verwandter Sprachen, die in meinem Kopf rangelten wie Zwillinge. Die sich zankten, obwohl sie sich doch liebten. Vermutlich kamen sie sich wegen der Ähnlichkeiten ins Gehege, denn es gab da in mir eine Verwirrung angesichts des Verwandten, Vertrauten in der niederländischen Sprache, die insgesamt wahrscheinlich sehr menschlich, aber dadurch nicht minder anstrengend war.

Hier in Utrecht stand jedenfalls ein Dom, weshalb es nahelag, dass ich mich fragte, ob der Satz *dat is dom*, außer dass er die Dummheit der Welt anprangerte, wohl auch zur Bezeichnung dieses Bauwerks verwendet werden konnte. Heute Morgen, als er wie zu jeder vollen Stunde sein immer neues Liedchen bimmelte, war seine Spitze samt Glockenturm ganz und gar im Nebel verschwunden gewesen. Es war unheimlich, wie es da aus den Wolken scholl, ohne dass ich sehen konnte, wo die Klänge herkamen. Als spiele Gott persönlich auf einem riesigen Xylofon, so hatte das geklungen, ja, das Szenario hatte etwas von diesem Tag an sich gehabt, über den die Zeugen Jehovas immer mit einem sprechen wollen. Armageddon. Das stündliche Glockenspiel war mir ansonsten lieb, war es doch ein Gruß an alle, die ganze Stadt. Da kam es nicht darauf an, wo man herkam, ob man auf der Straße lebte oder im besten Kiez, ach pardon: *kwartier*. Die Klänge waren einfach für jedes Ohr gedacht, flogen gratis in der Luft herum, manches Mal vom Wind nah herangetragen, manches Mal ganz von ihm zerzaust und zerrupft. Jedes Jahr wurde diese Musik neu programmiert, das hatte mir ein »Mein Herr«, ja, nicht einfach ein Mann, sondern ein echter *meneer*, bei der Kuppelbesteigung erzählt. Von ihm wusste ich auch, dass es eine echte *mevrouw* war, die die Musik programmierte und sich Jahr für Jahr die Zusammenstellung der Kompositionen ausdachte.

Und ich wollte zu gerne wissen, wer diese Frau war. Wie schwer das sein musste, aus der unendlichen Vielfalt möglicher Musikstücke eine Auswahl zu treffen, dachte ich. Und dann dachte ich, o Gott, und dass ich dann jetzt wohl auch so eine war. Also eine, die Kuppeln bestieg und in Museen ging und am Sonntag klassische Konzerte hörte. So ein ganz und gar analoger Mensch also, unzeitgemäß, um nicht zu sagen völlig veraltet.

Das würde alles elektronisch geregelt mit der Musik im Glockenturm, hatte der meneer oben in der Kuppel erzählt, und da solle man sich nicht vormachen, dass da noch jemand an irgendwelchen Strippen zöge.

Trotzdem. In Berlin hatte ich so was nie gemacht. Ich war noch in keiner Berliner Kirche gewesen, und Museen hatte ich auch nicht besucht. Es gab ja schließlich die Stadt, die Kieze, die Kneipen. Wer brauchte da Museen? Natürlich, *stad*, *kwartieren*, *kroegen* gab es hier auch, sogar recht schöne, außerdem war überall viel los auf den Straßen. Viel mehr als im Wedding, wo ich gewohnt hatte, bevor ich hierher kam. Also bis kürzlich. Im Wedding war ja manchmal tagelang kein Mensch auf der Straße zu sehen gewesen – und hier alle naselang irgendwer! Wenn im Wedding einmal die Stunde ein Glockenturm Musik gemacht hätte, dann hätten sich dort zu manchen Zeiten nur die Spatzen gefreut, die aufgeplustert, klein und *frech wie Oskar* die Parkbänke besetzten. Ja, der Wedding, dachte ich, der rote oder tote. Und nun also Utrecht.

Dagboek

Heute war ich also zunächst noch in einer sehr poetischen Stimmung gewesen, was gut war, denn mein anvisiertes Ziel des Vormittags war ein Café am Wilhelminapark, in dem ich zu sitzen und mich in weltanschaulichen Dingen zu ergehen pflegte. Meine Vormittage waren, genau wie meine Nachmittage, wohlstrukturiert. Ein nachlässiger Beobachter hätte ihre Taktung mit Monotonie verwechseln können, wer jedoch genau hinschaute, würde die kleinen Unregelmäßigkeiten bemerken, die sie unterschieden; es war ja beileibe nicht jeder Tag wie der andere. Es gab Variationen. So hatte ich nicht nur verschiedene Cafés zur Auswahl, sondern changierte auch zwischen diversen Kaffeesorten und Speisen. Entscheidend für die Auswahl meiner Lieblingscafés waren drei Dinge: Die Qualität von Kaffee und Süßigkeiten, den *snoepjes*, die Auswahl an Zeitungen, die man hier *kranten* nannte, und die Internetverbindung. Gab es mehr als eine überregionale Zeitung, von denen mindestens eine *De Telegraaf* oder *De Volkskrant* waren? Und funktionierte das WLAN in einer einigermaßen flotten Geschwindigkeit? Weitere wichtige Fragen, die ich mir stellte, waren in etwa solche: War der Kaffee italienisch-aromatisch? Wurde er mit einer möglichst laut zischenden, möglichst silbrig blitzenden Maschine zubereitet? Troffen die Honigwaffeln vor *honing* und die Sirupwaffeln vor *stroop*? Wenn all das zutraf, dann konnte ich mich häuslich niederlassen. Wenn ich recht darüber nachdachte, gehörten natürlich auch eine freundliche Bedienung und ein freier Tisch zu den Grundbedingungen.

Wegen der täuschenden Ähnlichkeiten, die mein Leben seit meinem Umzug bestimmt hatten, hatte ich begonnen, ein Tagebuch darüber zu führen, mein *dagboek over de gelijkenissen*. Das war ein Buch, in dem ich all die verwirrenden minimalen Abweichungen zwischen meiner neuen und meiner alten Welt notierte, was stets zu allem Möglichen führen konnte. Manchmal blieben es die Notate kleinster Unschärfen, dann wieder wuchsen sie sich zu maximalen, seitenfüllenden Irritationen aus. Die Vormittage teilte ich dabei in drei Einheiten auf: Einatmen, Stoffwechsel betreiben, Ausatmen. Einatmen bedeutete, mir die Eindrücke der letzten Tage oder Stunden zu vergegenwärtigen, Stoffwechsel betreiben hieß, das Erlebte mit meiner soziallinguistischen Erfahrungswelt zu vergleichen und in mein inneres Wertesystem zu integrieren, und Ausatmen schließlich meinte, das Konglomerat oder das Gefilterte, manchmal auch nur die Überschüsse in meinem *dagboek* in eine literarische Form zu gießen. Wobei ich den Begriff *literarische Form* ziemlich weit fasste. Ich dachte dabei, zugegebener Weise nicht ganz ohne Eitelkeit, gerne an Joseph Roths Genre des Stadtfeuilletons, wobei ich den Begriff recht großzügig gebrauchte. Manchmal klebte ich auch einfach nur Fundstücke und Fetzen aus der neuen Welt in meine Kladde ein, mal einzelne Sätze oder Artikel, die ich aus der Zeitung ausschnitt, mal ein getrocknetes Herbstblatt, dann wieder eine alte Lakritzverpackung, auf der *zakkenrollers* stand, was lustigerweise *Taschendiebe* hieß und mir als ein ungewöhnlich leibliches Wort erschien, weil es mir, wann immer ich es aussprach, wie der Inhalt der Verpackung von der Zungenspitze in die Kehle rutschte.

Warum mich das mit dem Aufspüren der Ähnlichkeiten so interessierte, hatte gute Gründe. Handfeste, philosophische Gründe; war doch das genaue Unterscheiden von Begriffen die vielleicht größte und wichtigste Tugend einer Immigrantin, die sich in der neuen Welt zurechtfinden wollte. Das Problem war nun aber, dass hier oftmals Dinge als gleich erschienen, die es gar nicht waren. Und für mich, die ich deutschsprachig aufgewachsen und erzogen worden war, nun aber in den Niederlanden lebte, kam erschwerend hinzu, dass gar vieles hier nicht nur so ähnlich *war* wie in Deutschland, sondern oft auch so ähnlich *hieß*, manchmal aber ähnlich oder gleich hieß, ohne das Ähnliche zu meinen, sondern etwas ganz anderes. Diese falschen Freunde waren die größten Herausforderungen. Und manchmal gab es auch etwas, das so ähnlich hieß und das Gleiche sein *sollte*, es aber einfach nicht war. Zum Beispiel die Wörter *brood* oder *broodje*. Zwei simple Ausdrücke, könnte man meinen, die auch für Kartoffeln, Krauts und Fritze leicht zu identifizieren wären. Zumal sie fast jeden Tag in Gebrauch waren und somit nicht nur alsbald in Fleisch und Blut, sondern auch auf Bauch und Hüfte übergingen. Doch es fing gleich an mit den Schwierigkeiten. So wurden brood und broodje klein geschrieben, Brot und Brötchen groß. Dabei waren ja alle vier Wörter Substantive, und es war doch eigentlich praktisch, dass es im Deutschen möglich war, ein großgeschriebenes Wort als Substantiv zu identifizieren.

Nun, da war also schon ein erster Unterschied zu bemerken, über den es sich lohnte, viele Stunden nachzudenken, was jedoch besser nicht vor Ort, also in der *bakkerij*, vonstattengehen sollte. Jedenfalls hatte ich persönlich damit keine so guten Erfahrungen gemacht. Gut, mochten nun manche sagen, dann werden diese Wörter eben im Niederländischen kleingeschrieben und ein bisschen anders buchstabiert, aber man weiß ja, was gemeint ist, und darum geht's doch: funktionale Pragmatik, sprachliches Handeln im gesellschaftlichen Zusammenhang und so weiter. Wo sollte da bitte das Problem sein? Wenn ich ein Brot wollte und ein brood bestellte und dann ein brood bekam, dann war das doch genau das, was ich gewollt hatte. So sollte man meinen. Meiner Erfahrung nach war es aber eben das gerade nicht. Und zwar deshalb, weil beide, brood und broodje, mit ihren nachbarländischen Äquivalenten

Brot und Brötchen nicht viel zu tun hatten. Ein broodje sah vielleicht einem Brötchen von außen vage ähnlich, doch fehlte ihm die knusprige Schale. Es verfügte vielmehr insgesamt über eine weiche, auf Daumennagelgröße zusammendrückbare Masse von gummiartiger Konsistenz, vergleichbar mit diesem Naschwerk, das in Deutschland irreführenderweise als Schweinespeck bezeichnet wurde. Und mit brood war's dasselbe in Braun. Ich wusste nicht, woraus es hier hergestellt, ob aus Mehl oder vielleicht etwas wie Kleie, und ob es gebacken wurde, oder einfach irgendwie aufgeblasen – jedenfalls war es etwas anderes, als ich darunter zu verstehen gewohnt war. Und ja, vielleicht lag es auch einfach nur daran, dass ich zu Hause keine Toastbrot-Mutter gehabt hatte, sondern eine Ich-back-mein-Brot-selber-aus-Sauerteig-und-verwende-nur-Vollkormehl-Mutter, unter der ja viele 80er-Jahre-Kinder in Westdeutschland zu leiden gehabt hatten, aber egal. Im Gegensatz zu brood oder broodje fand ich jedenfalls zum Beispiel das Wörtchen *bitterballen*, das braun frittierte, mit leicht bitterem Bratensoßenimitat gefüllte Kugeln bezeichnete, die man zum Bier bestellen konnte, wesentlich einleuchtender, da niemand, auch kein Niederländer, so genau wissen wollte, woraus bitterballen bestanden. Hier nun sagte der Name zumindest etwas über die sinnlich wahrnehmbaren Eigenschaften des kugelig bitteren Bezeichneten aus, ohne in die Irre führen zu wollen, wie es der Name brood versuchte.

Die Unterschiede, die an allen Ecken spürbar waren, beschäftigten mich so sehr, dass ich darüber schreiben musste. Und zwar, weil ich wie zum Trotz gegen die Unfreiwilligkeit, die meiner Situation anhaftete, eine Art anthropologischen Selbstversuch durchführte. Ich war ja keine simple Touristin oder romantisierende Auswanderin, sondern aus Berlin hierher geflohen, weil es dort für mich nicht mehr weitergegangen war; weil ich und Hauke, der Mann meines bisherigen Lebens, wenn man so wollte, es voll in den Sand gesetzt hatten. Aber nein, dachte ich, jetzt nicht an Hauke denken. Oder, um es ganz geschmeidig mit Robert Walser zu sagen, *davon zuversichtlich später.*

Weil ich es also einfach nicht einsah, nur aus niederen, persönlichen Gründen hergekommen zu sein, sollte mein Auslandsaufenthalt wenigstens etwas für die Menschheit tun; für Aufklärung sorgen, wo Dunkelheit herrschte, oder aber Zweifel säen, wo die Dinge allzu klar und einfach erschienen. Mein kurzes Studium der Germanistik hatte mich darin noch bestärkt: anstatt weiterhin nur das zu lesen, was andere sich ausdachten, wollte ich von nun an auch selber etwas zur Kulturgeschichte, oder besser gesagt zur Interkulturgeschichte, beitragen, und wenn es auch nur ein kleiner Teil von ihr würde, in etwa vergleichbar mit dem *Handbuch des nutzlosen Wissens* des von mir hochgeschätzten Hanswilhelm Haefs. Denn was, so fragte ich mich, wenn nicht die vielen kleinen Unterschiede, machte den grundsätzlichen Unterschied zwischen den Bürgern des einen europäischen Landes und den Bürgern eines seiner Nachbarländer aus? Und da ich weder an Gene noch an Rassen noch an eine irgendwie materielle Seelensubstanz zu glauben geneigt war, suchte ich nach anderen Gründen für all die kulturellen Abweichungen zwischen den Menschen verschiedener Länder. Das für mich Interessante hierbei war: Je unbedeutender der wahrgenommene Unterschied zwischen den Völkern von außen erschien, desto größer waren häufig die Unvereinbarkeiten.

Nur weil meine Situation für einen externen Beobachter nicht so dramatisch und aufgebläht existenzialistisch erscheinen musste, wie sie in diesem Film *Lost in Translation* daherkam, wo ein depressiver Bill Murray tagelang im wilden Tokio durch die Spielcasinos irrt, war doch meine Lage hier nicht minder kompliziert. In Japan war nämlich wenigstens klar, dass man als Europäer im Grunde nichts kapierte, und die Japaner sahen es dem Bill ja auch schon von Weitem an. Also, dass der von nix eine Ahnung hatte, weder von Sushi noch von Karaoke. Japan war eben für die Amerikaner nicht das, was die Niederlande für die Deutschen waren. Weil Bill nun ganz augenscheinlich keinen einzigen Fetzen Japanisch konnte, wusste er ja gar nicht, was er nicht verstand, während ich hier im Lande im Grunde das Meiste zu verstehen glaubte, aber dennoch an allen Ecken und Enden an Grenzen stieß und die wildesten Fragezeichen in die Luft malte. Die unendlich vielen feinen Risse, die meine neue Realität durchzogen, ließen das Fundament, auf dem ich mich aufrecht zu halten versuchte, ganz schön wackeln. Und deshalb hätte ich den Filmtitel *Lost in Translation* nur zu gern für mich und mein Werk beansprucht. Ich fand auch wirklich, dass ich ihn verdient gehabt hätte. Doch was weg ist, ist weg, wie man so schön oder vielmehr unschön sagt. Von brood, broodje und ähnlichen Dingen handelte jedenfalls mein dagboek, an dem ich an den Vormittagen in wechselnden Cafés arbeitete, und es war wirklich überhaupt kein Wunder, dass schon beinahe alle seine Seiten vollgeschrieben waren.

Mein heutiger Vormittag war etwas durchwachsen gewesen, was bedeutete, dass ich einen Kampf mit mir geführt und nur mit Mühe gewonnen hatte. Ich hatte dann zwar doch noch eine ganze Menge in meinem dagboek festgehalten, mich dazu jedoch vorher erst mühsam überreden und überrumpeln müssen. Schließlich aber hatte ich zumindest versucht, das poetische Bild von dem Boot irgendwie in Sprache zu gießen, bis ich einigermaßen zufrieden war. Nach so einem Vormittag im Café ging es mir gewöhnlich ganz gut. Ich war dann, was den Inhalt meines Kopfes anging, in einem relativen Gleichgewicht und bereit, mich wieder der chaotischen Welt zuzuwenden. Ich stand auf und ging bezahlen, was hier *pinnen* hieß. Meist funktionierte es mit einer Plastikkarte, die man einfach nur auf ein Lesegerät legte, ohne irgendwelche lästigen Nummern eingeben zu müssen, weshalb die Bezeichnung *pinnen*, die sich ja von PIN herleitete, obwohl ein Neologismus, eigentlich bereits wieder veraltet und irreführend war, aber lassen wir das jetzt. Pinnen tat ich jedenfalls gerne, da ich für diesen Vorgang, dank meines ständigen Aufenthalts in Cafés und Restaurants, mittlerweile fast alle Regeln der Konversation beherrschte.

Es war bereits früher Nachmittag, ich hatte heute länger gesessen und geschrieben als üblich. Mich reckend und streckend sperrte ich das Schloss meines Rads auf, stieg mühsam aufs fiets und fuhr dann gedankenverloren einmal quer durch die Stadt. Ich wollte zu meiner Arbeitsstelle, einem *theesalon* an der Oudegracht. Es war wirklich großes Glück, auf Anhieb diesen Job gefunden zu haben, denn normalerweise stellte niemand freiwillig eine Deutsche in der Gastronomie ein, zumindest keine, die noch nicht mal den Anfängersprachkurs *Nederlands voor Duitstaligen* abgeschlossen hatte. Auch wenn ich mich als Deutschsprachige natürlich leichter tat als die Spanier oder Koreaner in den anderen Kursen, fiel mir das Lernen durchaus schwer. Die Besitzerin des theesalons jedoch, die Griet hieß, hatte selbst deutsche Vorfahren und übte Nachsicht mit mir. Vielleicht hatte sie mich auch deshalb eingestellt, weil ich so verzweifelt ausgesehen hatte oder weil das Publikum im theesalon ohnehin recht touristisch und bunt gemischt war. Ich hatte jedenfalls, wie gesagt, Glück gehabt mit meinem Job, denn mit einer Deutschen hinter der Theke verschreckte man sich normalerweise die Stammgäste. Verstand ich auch. Ich hätte damals, als ich noch den Laden im Wedding gehabt hatte, auch keinen Schwaben oder so hinter die Theke gestellt. Das ging einfach nicht, das wäre das Aus für unsere Kneipe gewesen.

Andererseits hatten wir es ja auch so geschafft, alles zu ruinieren, dachte ich, und da hätten wir vorher auch ruhig irgendeinen Provinzflüchtigen glücklich machen können. Und ach, wer weiß, vielleicht wäre ich heute schon Mutter von drei niedlichen Kindern mit schwäbischen Apfelbäckchen, wenn ich mich nicht darauf versteift hätte, so etwas wie eine echte Berliner Schnauze zu finden, am besten eine in uralten Bowlingschuhen und immer ein bisschen zu schlecht gelaunt, um noch als höflich durchgehen zu können. Einen Typen wie Hauke halt.

Ach nein, dachte ich, jetzt zuversichtlich nicht! Vielleicht, so dachte ich stattdessen, interessieren solche sprachlichen Beobachtungen zwischen den verwandten Welten am Ende ja wirklich nur mich selbst. Und so war es vielleicht gut, dass ich nur ein simples dagboek schrieb und nicht etwa einen Roman.

Das Schreiben des dagboeks war mir in den ersten Wochen in der neuen Umgebung zu einem Grundbedürfnis geworden. Weil ich fast mit niemandem sprach, fand ich darin bald einen engen Vertrauten, einen, der zwar nicht antwortete, dafür aber auch nicht urteilte, und dem ich mich mitteilen durfte, wann immer mir danach war. Es ging in meinem dagboek nicht nur um die Sprache als solche, sondern auch um Dinge, die nur indirekt sprachlicher Natur waren, nämlich meine sonstigen Beobachtungen von Besonderheiten auf den Plätzen, den Winkeln – und winkels – dieser Stadt. Zum Beispiel sah ich hier manchmal Kinder, einfach nur Kinder, im Park oder auf der Straße spielen. Gleich dort drüben beim Janskerkhof sprangen wieder welche herum. Das gab's doch in Deutschland gar nicht, dass Kinder, also richtige Kinder, jünger als zehn Jahre, in städtischer Umgebung ohne Begleitung irgendwo sein durften! Dort waren sie immer entweder in der Schule oder im Hort oder an sonst einem von Erwachsenen überwachten und behüteten Ort. Doch wenn ich hier, an den frühdunklen Novemberabenden, wenn das Laub mit Ausnahme des Mondes, der, sich in den Grachten spiegelnd, die einzige Lichtquelle auf den Straßen war und mir die Kälte feucht in die Jackenärmel fuhr, auf meinem fiets durch die vielen kleinen Gassen, über Brücken und Plätze nach Hause radelte, sah ich oft noch Kinder draußen spielen. Mit bunten Bällen oder Rollern, nicht allein, sondern in Gruppen oder zu zweit, aber eben doch unter sich. Kinder unter sich. Mir kam das dann immer ganz fremd vor, fremd und beruhigend und schön. Vielleicht, dachte ich dann, wird aus diesen Wesen ja einmal etwas Vernünftiges, Eigenständiges, werden sie zu Menschen mit geistiger Freiheit, die ihre Entscheidungen selber treffen. Vielleicht ist ja noch nicht überall auf dieser Welt alles verloren. Wenn es das hier wirklich geben sollte, so eine

Freiheit, so eine höchstselbstständige Ausbildung des kategorischen Imperativs beim holländischen Kinde, dann wäre das wirklich ein Grund, dachte ich, während schon die Oudegracht an meiner Linken vorbeiflog. Und in meinem Kopf ließ ich offen, was das für ein Grund war und wofür, ob fürs Kinderkriegen oder für ein Leben hier, oder sogar für das Leben ganz allgemein, denn ich wurde schon wieder von den Ähnlichkeiten abgelenkt. Wenn das so weiterging, musste ich mir einen Psychologen suchen. Und dann würde ich versuchen zu erklären, was los war mit mir und der Welt, und der Psychologe würde wahrscheinlich immer nur *treinstation* verstehen, so wie unsereins Bahnhof. Und bei der Diagnose würde letztlich herauskommen, dass ich verloren war, verloren in den Ähnlichkeiten. Diagnose: *Störung aus dem schizophrenen Formenkreis*, irgendwas mit F20, wusste ja doch niemand Genaueres, wenn man auf die Seele zu sprechen kam. Aber was war noch mal die Frage? Ach ja, der Imperativ.

Es gab nämlich nicht nur ein Wort für *kategorisch* im Niederländischen, nämlich das naheliegende *categorisch*, sondern eine regelrechte Auswahl an möglichen Übersetzungen wie *rechtstreeks*, *kortweg* oder *bot*. Tja, und welche war da nun wohl die richtige? Orientierte ich mich an der bloßen Ähnlichkeit der Worte, das hieß an der Aufeinanderfolge möglichst vieler gleicher Buchstaben innerhalb zweier Wörter, war die Sache entschieden, aber sollte ich nicht vielleicht besser auf eine möglichst hohe Ähnlichkeit des Sinns achten? Doch welches dieser Worte passte sinngemäß am besten? Woher sollte ich das wissen, wenn ich diese Wörter noch niemals selbst gebraucht und auch noch nie jemanden gebrauchen gehört hatte? Während des Germanistikstudiums hatten solche Fragen kaum eine Rolle gespielt, da wurde die Sprache meist unkommentiert als ein Mittel betrachtet, das einzig und allein dazu diente, sich die sogenannte kanonische Literatur in Massen einzuverleiben; hier nun aber wurde mir die Unmittelbarkeit eines solchen Zugangs gründlich erschwert. Überall auf meinen Wegen lauerten die Stolpersteine des neuen Mediums, und mir war, als müsse ich die Welt sprachlich so erfahren, als würde ich Gegenstände durch das krisselige Bild eines alten Schwarz-Weiß-Fernsehers betrachten. Ich hielt kurz an, hob schwerfällig mein Bein über die Stange – kein Mensch fuhr hier mit Stange, selbst Männer ritten damenhaft auf ihren schwarzen Gazellen, ich fiel hier also ganz buchstäblich aus dem Rahmen – und schaute im Telefon nach. So analog lebte ich dann nämlich doch nicht. Und dann sah ich, dass all die anderen Begriffe, die es neben der Übersetzung *categorisch* sonst noch gab, stets innerhalb von Verneinungen oder Verweigerungen gebraucht wurden. Etwas war somit zwar *kortweg* verboten, aber, so leitete ich daraus ab, nicht *kortweg* geboten. Und der kantische Satz *Handle nur nach derjenigen Maxime, durch die du zugleich wollen kannst, dass sie ein allgemeines Gesetz werde* war ja ganz klar ein Gebot und kein Verbot, dachte ich weiter, und irgendwie erleichterte mich das. Also, dass es hier ganz eindeutig der *categorische imperatief* und nicht etwa der *kortweg imperatief* oder so ähnlich heißen musste. Die unverhoffte Eindeutigkeit erleichterte mich sogar so sehr, dass ich mich nun wieder beinahe elegant auf den Sattel schwang und in den Verkehrsfluss einordnete. Natürlich ohne jemanden zu gefährden oder in Verlegenheit zu bringen. Der *categorische imperatief* ließ grüßen.

Theesalon

Als ich am *Theesalon van Griet* ankam, der in einem der alten Vorratsspeicher unten an der Oudegracht lag, also in deren seitliches Gemäuer eingelassen war, sodass einem ständig Spaziergänger über dem Kopf herum liefen und man sich ein bisschen fühlte wie in einer gemütlichen Gruft, war es kurz nach zwei und noch ruhig, ja still. Der Laden öffnete immer erst um drei Uhr, ich aber musste zur Schicht bereits eine Stunde früher da sein, um alles für den nachmittäglichen Ansturm vorzubereiten. Wobei Ansturm wirklich zu viel gesagt war, denn mehr als fünfzehn Gäste zugleich passten hier gar nicht rein, das war die maximale Auslastung, sowohl, was den Raum, als auch, was die Kapazitäten des Personals anbelangte. Also meine. Oder Toms oder Suzannes. Wir arbeiteten hier in Einzelschichten, und jeder musste deshalb gleichzeitig alles Mögliche tun: Kaffee aufbrühen, Tee kochen, Kuchen servieren, kassieren, und – was das eigentlich Zeitaufwändige war, das mich hier und da in echte Bredouillen brachte – wenn man im *Theesalon van Griet* arbeitete, war man zusätzlich noch Fremdenführerin, Familienersatz, Sozialarbeiterin und Seelentrösterin.

Ich schloss mein fiets am Brückengeländer an und sah zur Oudegracht hinunter. Das grünliche Wasser floss sehr langsam dahin; still trudelte Laub vorüber, dessen vor wenigen Tagen noch strahlende Farben langsam blasser wurden. Das feurige Rot war nun bereits bräunlich, das leuchtende Rapsgelb, das mir als die Konservierung letzter Sonnenstrahlen erschienen war, glich nun kaum mehr dem matten Ton eines mittelalten Goudas, und auch das warme Kürbisorange hatte sich irgendwie ausgewaschen, als würden einem einst van-Gogh-gleichen Gott im Herbst irgendwann die Farben ausgehen. Der Wind hatte aufgefrischt und rüttelte so unsanft an den Ästen, als wolle er ihnen die Reste ihrer mattbunten Last entreißen. Dabei machte er ein Geräusch wie ein Mäuschen, das sich am heiligen Abend durch einen Berg Geschenkpapier wühlt. Weihnachten, dachte ich, ach nein, jetzt bitte, bitte zuversichtlich nicht an Weihnachten denken, und warum funktionierte so ein Vorsatz eigentlich nie?

Zum Glück gab es ja hier gar kein richtiges Weihnachten, deswegen war es vielleicht auch gar nicht so schlimm, mal ein Jahr lang darauf zu verzichten. Wobei es mir schwerfiel, mir vorzustellen, dass Weihnachten ausfallen sollte, wenn hier um mich herum bereits alles funkelte und sich in kapitalistischer Geschäftigkeit erging. Die Einkaufsstraßen waren bereits geschmückt, und irgendwer wollte ihn schon irgendwo gesehen haben, einen der vielen *Sinterklaase*, die jedes Jahr im

November in einem großen Schiff an die niederländische Küste gespült wurden. Auch Weihnachten funktionierte hier nämlich so ähnlich wie in meiner Heimat – so ähnlich und ganz anders zugleich. Bereits am Vorabend des 6. Dezembers bekamen die Kinder hier einen stattlichen Berg Geschenke ausgehändigt, weshalb dann am 24. Dezember selbst eigentlich nicht mehr viel zu tun war. Vielleicht mochte es tatsächlich eine Handvoll Menschen in diesem kleinen heidnisch-protestantischen Land geben, die zur Messe gingen, ich wollte es nicht ausschließen, und jemand hatte mal etwas von einer christlich geprägten Region, dem sogenannten *bijbelgordel* erzählt, der das Land tatsächlich wie eine Art biblischer Gürtel in der Mitte durchziehe, aber die große Mehrheit tat das eher nicht. Ich hatte meinen Kollegen Tom gefragt, was die Menschen am Heiligen Abend denn dann eigentlich machten, also wenn sie weder Geschenke auspackten noch zur Kirche gingen. Und Tom hatte geantwortet, die Menschen würden Radio hören.

Was?, hatte ich gerufen, ich dachte natürlich, ich hätte mich verhört.

Ja, hatte Tom geantwortet, die Menschen hören an Weihnachten eine ganz bestimmte Radiosendung, die spielt die viertausend beliebtesten Popsongs der Welt, und zwar über die ganzen Tage zwischen Weihnachten und Neujahr hinweg, durchgehend.

Was?, hatte ich Tom gefragt, die Menschen hören ununterbrochen Popmusik über die Weihnachtstage?

Nein, hatte Tom gesagt, natürlich nicht ununterbrochen. Sie schlafen zwischendurch mal kurz, und essen tun sie auch.

Ich war bis heute sehr erstaunt über diese neuen Erkenntnisse, erstaunt und begeistert, und Tom war ebenfalls erstaunt und begeistert gewesen, und zwar über mein Erstaunen und meine Begeisterung, und somit hatte der Clash der Kulturen immer wieder Gutes. Was wohl die Tatsache, dass das ganze Land am Tage von Jesu Geburt und den Tagen danach ununterbrochen Popmusik im Radio hörte, über ein Volk aussagte, also, worin die Ursachen für diesen Brauch wohl liegen mochten und was die Konsequenzen waren? Zu einem letztgültigen Ergebnis hinsichtlich dieser Frage war ich noch nicht gelangt, und doch war ich davon überzeugt, dass es auf jeden Fall einen Unterschied bedeutete und dass dieser Unterschied die Sympathie, die mich für dieses Land ergriffen hatte, nur steigern konnte. Ein Volk, das an den Weihnachtstagen, die doch zu intrafamiliären und intrapersonalen Krisen nur so prädestinierten, tagelang am Stück Popmusik hören konnte, ohne dass dies zu Massenscheidungen und der allgemeinen Zersplitterung der niederländischen Familie führte, musste auf der Skala des modernen Stoizismus eine recht hohe Stufe erklommen haben. Denn wenn es stimmte, was zeitgenössische Soziologen in der Emotionsforschung herausgefunden hatten, dann mussten die Niederländer zum neuen Jahr hin ganz ohne Zweifel in einer enormen hyperromantischen Projektionsblase sitzen. Man ging nämlich in den Büchern, die ich während meines kurzen Soziologiestudiums gelesen hatte, das noch viel kürzer gewesen war als das der Germanistik, davon aus, dass Popmusik ganz massiv zu einer völlig falschen Einstellung hinsichtlich Liebe und Romantik beitrage, weil sie nämlich ewige Verschmelzung und Zusammengehörigkeit propagiere sowie ein Besitz- und Abhängigkeitsdenken innerhalb der Paarbeziehung voraussetze. Und wenn dies für die Menschen hier also trotz voller Dröhnung keinerlei reale Konsequenzen für die Zwischenmenschlichkeit hatte, dann sprach das wirklich und wahrhaftig für eine ausgeprägte psychische Resilienz, die auch mit der heftigsten musikindustriell produzierten Gehirnwäsche hervorragend umzugehen wusste.

Die Stufen hinunter zum *Theesalon van Griet* waren glitschig von Nässe und Laub, der Nebel hing an den Mauern, und ich hatte das Gefühl, in ein Unterwasserreich zu verschwinden. Mit etwas Mühe gelang es mir, die Tür zu öffnen, die sich bei Kälte immer verzog. Ich tastete nach dem Lichtschalter, und sofort wurde die Salonlandschaft durch eine ausgeklügelte Reihenschaltung erleuchtet. An der gebogenen Decke hingen zwei Paar elektrische Lüster, auf den Tischen verteilten sich kleine Leselämpchen und ein heller Strahler ließ die winzige Bühne, auf der am Wochenende Musiker, Dichter und sonstige Vortragende sich und ihr winziges Publikum ergötzen konnten, aufleuchten. Als Erstes stellte ich die Heizung höher, die über Nacht nur auf Sparflamme gelaufen war. Der Raum war klamm, aber das würde noch werden. Die Kuchenform, das Nudelholz und diverse Rührschüsseln standen funkelnd auf der Anrichte. Die letzte Schicht, also entweder Tom oder Suzanne, hatte gut gearbeitet und alles ordentlich hinterlassen.

Ich fing sogleich mit dem Kuchenbacken an. Hier gab es immer frischen Apfelkuchen für die Gäste, der in der Stunde vor Ladenöffnung gebacken werden musste. Ich fand das zwar etwas umständlich, aber es gab eine ganze Reihe an Stammgästen, für die unsere *appeltaart* der Hauptgrund war, vorbeizukommen. Das köstliche Gebäck wurde nach dem Rezept von Suzannes Großmutter hergestellt und schwamm nur so in Zimt, Honig und Sirup. Suzanne behauptete immer, er habe heilende Wirkung, und wirklich, ihre Großmutter kratzte bereits an die neunzig. Die ersten Male hatte ich den Kuchen versaut, weil ich dachte, das Rezept müsse irgendwie fehlerhaft sein.

So viel Sirup, und löffelweise Zimt!, hatte ich gedacht, das kann doch gar nicht sein.

Aber genauso war es. Die Äpfel stammten aus Suzannes Garten, waren also noch richtige Äpfel, säuerlich, ungespritzt, mit einer kräftigen Schale. Keine gewachsten und geklonten Supermarktäpfel, sondern natürliche Äpfel, irgendeine alte Sorte, etwas wie Boskop, nur eben kein Boskop. Diese Äpfel wurden in den Regalen in einer versteckten Ecke des Salons gelagert.

Immer schön einer neben dem anderen, damit sie nicht faulten. Menschen sind selbst wie Äpfel, dachte ich, auch sie verderben, wenn sie zu dicht aufeinanderhocken. Und während ich Butter und Zucker schaumig rührte, Eier aufschlug, Mehl abmaß und das Backpulver suchte; während ich Haselnüsse hackte, Äpfel schälte und in feine Halbmonde schnitt, den Teig knetete und ausrollte, die Äpfel wie kleine Soldaten in Reih und Glied auf dem Teig aufstellte, Sahne und Sirup, Honig und Zimt verrührte und über das Apfelheer träufelte, fühlte ich mich innerlich ruhig und beinahe gedankenlos. Die Handgriffe waren auf ihre Art und Weise eindeutig, wesentlich eindeutiger als ihre Versprachlichung es je sein könnte, und das ließ mich den Riss, den meine Realität bekommen hatte, für eine Weile vergessen. Hier und jetzt war ich ganz, und die appeltaart, die ich herstellte, würde ebenfalls ganz sein, zumindest eine kleine Weile lang, auch wenn sie anders hieß und schmeckte als deutscher Apfelkuchen. Nämlich besser.

Thijs I

Gegen 14 Uhr kam Thijs – gesprochen Thais – mit seinem typisch genuschelten *hoi* herein, fuhr den Rechner hoch, suchte das Beamerkabel und redete ununterbrochen in einem Mix aus Englisch, Niederländisch und Deutsch auf mich ein. Thijs gehörte zu denen, die mit Sprachverwirrung nicht das geringste Problem hatten, im Gegenteil, sie beflügelte ihn. Je mehr seiner vielen Sprachen er benutzen durfte, desto vielfältiger wurden die Mittel und Möglichkeiten, in und mit dieser Welt zu kommunizieren.

Ich mochte Thijs. Was er sagte, hatte meistens nicht nur Hand und Fuß, sondern auch Mund und Augen und Nase. Schön war er, durfte ich das sagen, auch wenn ich zehn Jahre älter war als er? Ich schaute ihn gerne an, ganz unbefangen, etwa so wie ich mir im *museum* die Bilder von van Gogh und im *dierentuin* die Pinguine ansah. Das war so ein später Sinn für Ästhetik, der sich da in mir Bahn brach, der auch für Landschaften oder manche Himmel galt. Früher war das anders. Da waren mir Landschaften oder Himmel vollkommen schnuppe. Obwohl *schnuppe* ein schlechter Ausdruck war, denn Schnuppen, also nicht diese Überreste vom

Kerzendocht, sondern Sternschnuppen oben am Himmel, die waren mir nie schnuppe. Oder besser: die waren mir nie egal. Das lag daran, dass ich mein Leben lang an Wünsche geglaubt hatte. An Wünsche und das Wünschen. Ich glaubte, dass das Wünschen eine der elementarsten menschlichen Regungen war, und musste erst auswandern, um zu begreifen, dass Wünsche auch eine schwarze Seite hatten, dass sie sich im Menschen verselbstständigen konnten und dann irgendwann nicht mehr der Mensch seinen Wunsch, sondern der Wunsch den Menschen bestimmte. Und das war dann gar nicht mehr schnuppe – und schön war es auch nicht.

Hauke zum Beispiel war kein schöner Mann gewesen, jedenfalls nicht in demselben Sinne, in dem Thijs schön war. Thijs war groß, wie alle in diesem Land groß sind, Männer wie Frauen, und gut trainiert. Ich sah kaum dicke Menschen hier, vielleicht lag das am Fietsfahren oder an den Genen. Am Essen lag es jedenfalls nicht, wenn ich mir die Konsistenz der appeltaart vor Augen führte. Thijs hatte so kleine hellbraune Locken auf dem Kopf, die aussahen, als seien sie per Hand eingedreht worden, was sie aber natürlich nicht waren, und insgesamt hatte er Ähnlichkeit mit Martin Luther auf dem Porträt von Lucas Cranach, nur ohne das Doppelkinn und jünger und sehnig und lebendig. Der Mund, die Augen, die braunen Löckchen und bisweilen auch der Ausdruck im Gesicht waren genau wie bei Luther. Vielleicht war das kein Zufall, denn immerhin hatte die

Protestantse Kerk Nederland hier in Utrecht ihren Hauptsitz. Und wenn Hunde und Herrchen einander im Laufe der Jahre aufgrund von Gewöhnung und gemeinsamer Sozialisierung immer ähnlicher wurden, dann war es nicht undenkbar, dass auch die Protestanten mit den Jahren ihrem Luther ähnlicher wurden, oder eben Melanchthon, Calvin und noch so ein paar anderen, die ebenfalls ihre Finger im Spiel hatten. Aber wen kümmerte es schon, woher der Junge seine Schönheit hatte. Dieser Junge schien zudem eine gewisse Erfahrung mit dem Leben zu haben, auch wenn er noch so wahnsinnig jung war, erst fünfundzwanzig.

Thijs werkelte also, während ich den Kuchen in den Ofen schob, am Beamer herum, um alles für seinen Vortrag vorzubereiten, den er am Nachmittag halten wollte. *Relatieverslaving* sollte das Thema sein, also Beziehungssucht, Abhängigkeit innerhalb von Beziehungen, und ich musste sehr über das Wort lachen.

Ja, sagte ich zu Thijs, die meisten Menschen *verslapen* ihre *relatie*, nicht wahr?, und machte ein paar Schnarchgeräusche dazu.

Doch er lachte nicht über meinen Witz, war in Gedanken schon zu sehr mit den Inhalten beschäftigt, die er gleich präsentieren würde. Aber ich dachte weiter über das Wort *verslaving* nach, das mich natürlich nicht nur an Verschlafen, sondern auch an Versklavung erinnerte, worüber ich schon wieder eine philosophisch-linguistische Abhandlung hätte verfassen können, aber alles ging eben nicht. Ich wurde hier ja schließlich für's Arbeiten und nicht für's Nachdenken bezahlt.

Der Regen prasselte nun gegen die Scheiben, und die Gracht war ganz und gar im Nebel verschwunden. Die Fenster beschlugen, und ich wischte mit dem Ärmel ein kleines Guckloch hinein in der Erwartung, draußen vielleicht einen Klabautermann zu entdecken. Doch da waren nur der Nebel, der Regen und das grüne Wasser. Kaum hatte ich alle Kerzen in den Stövchen angezündet, Servietten und Zucker verteilt und Sahne geschlagen, als schon die Stammgäste hereinstiefelten, mit klatschnassen Häuptern, die Schuhe voll Laub. Es waren Piet und Mia, die nur zufällig zusammen eintrafen, also kein Paar bildeten, denn Mia war mit einem Engländer verheiratet, der sich seit dem Brexit jedoch immer seltener blicken ließ, weil er in irgendeiner Kommission für Agrarwirtschaft saß, die sich vorgenommen hatte, die kleinen landwirtschaftlichen Betriebe in England zu retten. Mia war für mich eine wichtige Person, denn mit ihr konnte ich ganz selbstverständlich Englisch sprechen, ohne dass es ihr überhaupt auffiel. Piet hingegen war weder verheiratet noch sonst wie verbandelt. Er hatte gar keine relatie im romantisch-erotischen Sinne. Nur ein paar Freundschaften und seinen Hund. Der hieß Boon, wie sein Lieblingsschriftsteller Louis Paul Boon, und war ein alter Bernhardiner. Ich fragte mich immer, wie Piet das so machte. Also einfach so glücklich zu sein.

Heute blieb es wegen des starken Regens ruhig, nur kurz nach halb vier trieben noch zwei herrenlose Touristen herein, leicht zu erkennen an den Rucksäcken, Outdoorjacken und überdimensionalen Wanderschuhen. Sie sahen aus wie wandelnde Hochsicherheitstrakte. Ich entnahm ihren Schilderungen, dass sie das Schild *Theesalon van Griet* oben auf der Brücke entdeckt hatten, das mit einem Pfeil nach unten wies, und nun steckten sie, euphorisch von der Aussicht, etwas typisch Einheimisches, ja vielleicht sogar einen Geheimtipp aufgetan zu haben, die Nasen durch den Türspalt. Es waren natürlich Deutsche, Touristen waren sehr oft Deutsche, was ebenfalls dazu beitrug, dass ich mich mit dem Einleben manchmal etwas schwertat. Meine Muttersprache zwischen dem Niederländischen und Englischen zu hören, verwirrte mich stets noch mehr, wenn das überhaupt möglich war.

Außerdem nervte es mich, dass mich die Einheimischen, auch wenn ich mir noch so große Mühe mit einer klaren und deutlichen Aussprache gab, immer sofort als Ausländerin identifizierten. Was hatte ich davon, wenn ich auf dem Markt meine *stroopwafel* in perfektem *nederlands* bestellte, und die vom Sirup tropfende frisch-warme Scheibe dann mit einem strahlenden *enjoy* oder *bitte schön* überreicht bekam? Ich hatte davon nichts, außer dass ich mich weiterhin fremd fühlte, was eindeutig etwas mit meinem Akzent zu tun hatte. In meinem Kurs *Nederlands voor Duitstaligen* hatte ich ja nun schon eine Menge richtiger Sätze gelernt, und die

Grammatik war sowieso nicht das Problem. Viele Satz-konstruktionen und jede Menge Vokabeln glichen dem Deutschen oder zumindest dem, was ich, vielleicht fälschlicherweise, unter Plattdeutsch verbuchte. Dennoch war ein von mir gesprochener niederländischer Satz stets ein anderer als der, den unsere Lehrerin uns vorsprach. Die hatte eine wunderbare, deutliche Aussprache, aber das half nicht bei der Schwierigkeit, die es bereitete, so zu klingen wie sie. Zu Hause hatte ich es bereits mit allen möglichen Tricks versucht, hatte mir Marzipankartoffeln in die Backen gesteckt und mir die Nase beim Sprechen zugehalten, aber nichts half. Man hätte ein richtiges Sprechtraining gebraucht, um diese sanft summenden S, die härteren F und weicheren V, bei denen die obere Zahnreihe auf der Unterlippe ruhte, und die sich dehnenden Vokale, die immer noch einen anderen Vokal enthielten als den, der sie selbst waren, einigermaßen zu lernen. Auch das rollende R gelang mir nur selten. Manchmal schien es mir, als wäre mein Sprechapparat insgesamt ein ganz anderer und völlig ungeeignet für das Niederländische. Man konnte ja auch keinem Esel das Krähen beibringen und keiner Katze das Bellen. Insofern war wohl der Papagei das einzige sprachbegabte Tier, das Gott erschaffen hatte, aber ich war eben kein Papagei.

Die beiden Touristen, ein mittelaltes Ehepaar aus Bayern, taten sich sowohl mit dem Niederländischen als auch mit dem Englischen, und meines Erachtens sogar mit dem Deutschen schwer, was sie aber nicht davon abhielt, eifrig Konversation zu betreiben. Irritiert musste ich ihre Frage, ob es auch *a Brezn* gebe, verneinen und zwischendurch heimlich ein paar Mal kurz meinen schamroten Kopf abwenden, um ihn gegen die kühlen Mauern des Salons zu lehnen. Es war wirklich eine Erleichterung für mich, als Thijs endlich mit seinen Vorbereitungen fertig war und der Vortrag beginnen konnte.

Relatieverslaving

Wie Thijs dort stand, so groß und sehnig auf dieser winzigen Bühne, eine Hand am Hinterkopf, aber nicht als eine Geste der Verlegenheit, sondern ganz entspannt, eher wie im Liegestuhl, als habe er sie ganz einfach dort vergessen, in der anderen Hand die Fernbedienung des Beamers, wird mir nachhaltig in Erinnerung bleiben. Da waren weder Aufregung noch Nervosität in seiner Körperhaltung, sondern alles an ihm strahlte Freundlichkeit aus, Freundlichkeit und echtes Interesse an dem, was er uns erzählen, uns mitteilen wollte. In seinem Vortrag ging es also um relatieverslaving. Diese trat laut Thijs dann ein, wenn Menschen einander in einer Beziehung zu sehr verändern wollten und gleichzeitig zu sehr brauchten. Der Mensch, so lernte ich von Thijs, war ein herrisches und selbstbezogenes Wesen, das andere Menschen kontrollieren und manipulieren wollte. In so einer Beziehung gab es immer einen, der versklavte, und einen der sich versklaven ließ, und beide übten dabei eine Art von Gewalt aus: Der oder die Versklavende übte sie offensichtlich aus, weil er oder sie sich nicht auf sein Gegenüber einlassen konnte, nie zufrieden war, sich immer etwas anderes wünschte, keine Nähe zulassen konnte, nebenbei nach anderen Optionen suchte. Der oder die Versklavte hingegen ließ sich äußerlich hingebungsvoll auf das widerwärtige Gebaren des Versklavenden ein, ließ sich betrügen, hinhalten und erniedrigen – mit dem Ziel, den anderen zu einem besseren Menschen zu machen. Der Versklavende wurde so zum Projekt des Versklavten, zum zu verändernden und zu läuternden Anderen, der ja eindeutige moralische Schwächen aufwies.

Genau dieses moralische Verurteilen des auf den ersten Blick Stärkeren war nun aber ebenfalls eine Ausübung von Gewalt, von passiver Gewalt durch den Versklavten, sagte Thijs auf Niederländisch und kratzte sich am Kopf. Beide, der Versklavte und der Versklavende, waren einander also ähnlich. Sie konnten keine wirkliche Nähe, keine *intimiteit* aufbauen, wollten den anderen verändern, und beide verachteten dabei nicht nur die andere Person, sondern vor allem auch sich selbst. Denn beide waren ja stets unglücklich und unzufrieden, dachten aber, das liege am jeweils anderen, der oder die eben nicht richtig für sie war, sondern *verkeerd*. Der *verkeerde partner*. Und weil sie sich nicht trennen konnten oder wollten, denn sie waren schließlich im Zustand der *verslaving* und die Angst davor, mit sich selbst allein zu sein, überwog ihren täglichen Hass, wurden sie aggressiv oder depressiv oder beides.

Ja, so nämlich sei das, sagte Thijs mit strahlendem

Reformatorenlächeln, und nächstes Mal werde er dann erzählen, was man machen könne, um dem zu entgehen.

Uff, dachte ich, denn bei seinen Schilderungen war mir ganz schlecht geworden, dieser Junge hatte die Ruhe weg.

Nach dem Vortrag wurde wie immer Kuchen gegessen und diskutiert. Auch ich hätte mitdiskutieren können, wenn ich gewollt hätte, die Sprache war hier an diesem Ort nicht so wichtig, wichtiger war, dass man sich einmischte. Aber ich bevorzugte es, heute still meinem Job nachzugehen und, während ich einen *koffie verkeerd* nach dem anderen zubereitete, der doch trotz seines Namens, der auf das umgekehrte Verhältnis von Kaffee zu Milch hinwies, ganz genau richtig war, für mich über den verkeerde partner nachzudenken. Derweil warfen Piet, Mia und die Touristen in all ihren verschiedenen Sprachen Fragen auf und stellten Beobachtungen über die Schlechtigkeit der Welt im Allgemeinen und der Paarbeziehung im Besonderen an, während die appeltaart ihnen offensichtlich mundete, denn die war schon fast aufgegessen, sodass ich überlegte, mir still und heimlich das letzte Stückchen zur Seite zu stellen. Der schöne Thijs hatte sicher keinen verkeerde partner, sondern eine echte *minnares* oder einen echten *minnaar*, eine echte Geliebte oder einen echten Geliebten, ganz und gar mittelalterlich und mit Haut und Haaren geliebt, so energiegeladen wie der durch die Welt sprang. Vielleicht aber hatte er auch gar keinen Partner, das würde natürlich einiges erklären. Je älter ich wurde, desto eher war ich nämlich geneigt zu glauben, dass Menschen allein oft besser dastanden als zu zweit. Das Problem war nur, dass die meisten Menschen, wie ich ja auch, gar nicht mehr wussten, wie sie sich allein fühlten, wer sie allein sein würden, da sie sich am liebsten von frühster Jugend an verpartnerten. Sie verpartnerten sich, setzten es in den Sand, litten und verpartnerten sich so schnell wie möglich neu; oder aber sie verpartnerten sich, litten, setzten es in den Sand und verpartnerten sich so schnell wie möglich neu. In diesem Kreislauf aus unendlicher Verpartnerung gab es schlichtweg keinen Raum für ein Alleinsein ohne Schmerz, also für jene Einsamkeit, der man das *sam* in der Wortmitte herausstreichen müsste und dann aus der *keit* eine *heit* machen. Denn das *sam* in Kombination mit dem *k* machte aus etwas Wunderschönem, nämlich der Einheit, etwas Zögerndes, Ängstliches und Geschlossenes. Einsamkeit war somit ein Zustand, der mir erstmal unerträglich erschien und der, wenn ich ehrlich sein sollte, auch unerträglich war. Seit ich vor ein paar Wochen in dieses Land kam, war ich für meine Verhältnisse sehr einsam gewesen. Viel zu oft hatte ich allein in meiner winzigen Bude mit den großen Fensterscheiben gesessen und in den Novemberregen gestarrt.

Den Mann, mit dem ich gelebt hatte, hatte ich in Berlin gelassen, ebenso meine Freunde, den Kiez, die Kneipen, die Seen. Auch mein Handyvertrag und meine

Krankenversicherung waren noch in Berlin, was meinem überstürzten Aufbruch zu verdanken war, der eher einer Flucht geglichen hatte. Immerhin hatte ich es noch ins Einwohnermeldeamt geschafft, um mich abzumelden, weil ich gelesen hatte, dass ich mich ohne diese Abmeldung nicht in den Niederlanden anmelden konnte und ohne die Anmeldung wiederum nicht hier arbeiten durfte. Ein wahrer Rattenschwanz an Formalitäten hing an diesem Weggang. Jetzt war ich *zurzeit ohne festen Wohnsitz in Deutschland*, das pappte sogar als kleiner Aufkleber im Personalausweis, und ich fühlte mich dementsprechend genauso: halt- und heimatlos. Das hätte ich nicht gedacht, dachte ich, während ich zusah, wie Thijs sich die braunen Locken aus den Augen strich, dass ein Umzug innerhalb Europas eine solch fundamentale Unsicherheit in mir erzeugen würde. Ich war hier ja schließlich nicht in Indien oder Afrika gelandet, wo ein Kulturschock normal und vertretbar gewesen wäre, und Bill Murray in Tokio war ich auch nicht. Ich war bloß in Holland, wo die Menschen ein bisschen größer waren als in Deutschland und eben brood aßen statt Brot, so what?

Vielleicht war genau das der Punkt an der Einsamkeit, der so wehtat. Wer sich nämlich einsam fühlte, fühlte sich auch verlassen, und es war unerheblich, ob man verlassen hatte oder verlassen worden war, ausschlaggebend war das fundamentale Gefühl des Verlassenseins; und wer sich verlassen fühlte, konnte dies auch in einer vertrauten Umgebung tun. Und ja, vielleicht war es manchmal dort, wo man sich auskannte, sogar noch schlimmer, verlassen zu sein, als in der Fremde, denn zu Hause wusste man ja ganz genau, was fehlte, was anders war. Das konnte ein leerer Sessel in einer Ecke sein, die einen sonst immer genervt hat, weil dort die Zeitungen herumflogen, oder jemand am helllichten Tage schnarchte. Das konnte aber auch etwas ganz anderes sein, die Abwesenheit einer Abwesenheit zum Beispiel, und zwar dann, wenn die relatie eigentlich schon jahrelang brachgelegen hatte. Einheit hingegen war ganz etwas anderes. Manchmal, zum Beispiel dann, wenn ich Thijs betrachtete, bekam ich eine Ahnung davon, was Einheit auf den Menschen bezogen sein konnte, oder zumindest, wie es von außen betrachtet aussah, wenn ein Mensch mit sich selbst oder in sich selbst eine Einheit bildete. Wie schön müsste es sich erst von innen anfühlen, dachte ich, und ich musste Thijs einmal danach fragen, wie es war, Thijs zu sein, irgendwann, wenn es sich ergab.

Wie immer ließ ich mir nach der Veranstaltung mit allem Zeit. Ganz in Ruhe stellte ich das Geschirr in die Spülmaschine, wischte über die Anrichten, schüttelte Tischdecken aus, warf Servietten in den Wäschekorb und löschte schließlich die Lichter. Ich mochte es, im Spiegel meine Arme bei der Arbeit zu beobachten, das Spiel der Muskeln, die Sehnen, den Bizeps. Wer in einem theesalon arbeitete, brauchte kein Fitnessstudio, wobei ich Fitnessjunkies ohnehin verachtete. Das Trainieren in diesen Einrichtungen war ein Frondienst am eigenen Körper, der mir als der Tiefpunkt unserer Kultur erschien. Menschen saßen auf Maschinen in grell erleuchteten Hallen und strampelten sich ab, wobei sie einzelne Muskelgruppen stählten und formten, bis sie aussahen wie Bullen und nicht etwa harmonisch oder gar schön wie Thijs. Der hatte einen Alltagskörper, der durch Arbeit und Tanzen, durch Laufen, Schwimmen und Fietsfahren schön war. Wohlgeformte Muskeln, regelmäßig verteilt. Seit ich hier im Salon arbeitete und ihn ständig gebrauchte, mochte ich auch meinen Körper wieder lieber ansehen. Eine Zeit lang, damals in Berlin – vor ein paar Wochen nur, fiel mir auf –, hatte ich ihn gehasst. Gehasst für die Gefühle oder, besser gesagt, die Schmerzen, die er produzierte, die Hormone, die er mir schickte und mit denen er mich durcheinanderbrachte, weil sie ein Bedürfnis nach Bindung erzeugt hatten, das sich leider auf eine unpassende Person konzentriert hatte. Den verkeerde partner eben, Hauke eben, aber nein, dachte ich. Davon zuverlässig jetzt nicht.

Draußen war es bereits stockfinster. Bald war der 1. Dezember, und die Tage würden noch über vier Wochen hinweg immer kürzer werden, um sich dann, irgendwann, minutenweise wieder zu verlängern. Die Stammgäste waren daheim, der Beamer abgebaut, und Thijs' ansehnliches Gesäß, das über die Steintreppe hinauf verschwand, wunderschön vom Fenster wie von einem Bilderrahmen ausgeschnitten, war für heute der letzte

Gruß seiner Schönheit gewesen. Ich schloss die Tür ab und sendete dem dunklen Raum die relative Schönheit meines eigenen Gesäßes zum Gruß, während ich die Treppe hinaufspazierte. Es hatte aufgehört zu regnen und die Gracht lag im Dunkeln. Kalt und lautlos floss das Wasser dahin, ein paar Möwen hockten dick aufgeplustert auf den Geländern, aber je weiter ich nach oben kam, desto freundlicher und weihnachtlicher wurde es. Hier war schon alles geschmückt, sinterklaas stand schließlich vor der Tür, und das war ja, wie gesagt, hier ein besonders wichtiger Feiertag. Umfragen aus meinen Kursbuch *Nederlands voor Duitstaligen I* zufolge, wurde er sogar als der wichtigste Feiertag überhaupt eingeschätzt. Wichtiger noch als der berühmte *koningsdag*, an dem Willem-Alexander mit seinem exakt gezogenen rotblonden Scheitel eine der Provinzen besuchte, oder *nationale dodenherdenking*, der Tag, an dem der Kriegsgefallenen gedacht wurde.

Wenn ich mich entscheiden müsste, würde ich den letzten Feiertag als meinen liebsten wählen, weil ich den damit verknüpften Brauch wunderbar fand. Immer am 4. Mai, dem Tag also, an dem 1945 die Teilkapitulation der Wehrmacht in den Niederlanden vertraglich besiegelt wurde und auf den nur vier Tage später das Ende des Zweiten Weltkriegs folgen sollte, hielten die Niederländer im Gedenken an die Kriegsgefallenen und ich glaube auch alle anderen Toten um zwanzig Uhr zwei Minuten lang Stille. Und zwar überall und in jeder Situation, so hatte Mia mir erzählt. Filme im Kino wurden unterbrochen, im winkel standen die Kassen still, und Züge stoppten auf offener Strecke. Es wäre, so stellte ich mir vor, als hielte Gott den Lauf der Welt für zwei Minuten an. Eine absolute Stille, die es sonst nur in der Wüste gab, aber, und das war das Wichtige daran, hier war es eine menschengemachte Stille. Ein bewusstes Innehalten, das an die eigene menschliche Unmenschlichkeit erinnerte und zugleich zeigte, dass es möglich war. Möglich, dass der Mensch sich selbst kontrollierte, dass er seinen Willen in den Dienst der Humanität stellen konnte, dass er sich erinnern und trauern und bedauern konnte, dass er dem Getöse der Welt und dem Kapitalismus und der Ruhelosigkeit für zwei Minuten ein Schnippchen schlagen konnte. Zwei Minuten, dachte ich. Und auf diese zwei Minuten im Mai war ich gespannt.

Beschuit met muisjes

Oben an der Gracht spielte ein Leierkastenmann irgendein Lied, das ich nicht erkannte, das aber schön klang und vertraut. Vielleicht gehörte es zum Repertoire des Glockenspiels im Dom, und ich war schon begleitet von seinen Klängen durch die Stadt geradelt; vielleicht hatte ich es aber auch im Radio gehört, ich wusste es nicht. Und da beschloss ich, dieses Jahr an Weihnachten ebenfalls Radio zu hören. Wie alle anderen Niederländer den viertausend besten Popsongs der Welt zu lauschen, mehrere Tage lang. Außerdem, überlegte ich weiter, würde ich mir zur Abwechslung mal etwas richtig Gutes kochen. Dazu könnte ich sogar extra zum poelier gehen, dem bereits genannten Spezialwinkel für Geflügel, und mir eine Ente kaufen. Oder eine Gans. Ja, eine Gans, dachte ich. Und Rotkohl, wie es den früher immer gegeben hatte, als Weihnachten noch ein Fest der Familie gewesen war, mit Äpfeln drin und Nelken, auf die man nicht beißen durfte, weil sie so eklig schmeckten. Vielleicht sollte ich mir auch einen Baum kaufen, dachte ich, ein kleines *boompje*, nur für mich allein. Und an dieses boompje würde ich dann den Weihnachtsschmuck meiner Großtante aus Polen hängen, den sie mir vererbt und den ich trotz meines knapp bemessenen Platzes im Koffer mitgenommen hatte, weil ich ihn schon als Kind so sehr gemocht hatte. Hauchdünne Figuren aus versilbertem und vergoldetem Blech waren das, bunt bemalt und mit einer Art Puderzucker bestreut, sodass der Baum, wenn er mit ihnen behängt war, wie verschneit aussah. Es waren zehn Figuren: ein Weihnachtsmann, ein Rentier, ein Pfau, eine Trompete, ein Engel, ein Schlitten, eine Glocke, ein Zapfen, eine Kugel, ein Herz. Auch wenn ich bis heute nicht wusste, was der Pfau in diesem Ensemble verloren hatte, war es für mich vollkommen und komplett. Es vereinte alle für Weihnachten wesentlichen Symbole, und schon das Aufzählen war für mich eine Litanei wie für andere das Beten des Rosenkranzes.

Der Leierkastenmann wechselte nun zu *Bella Ciao*, und obwohl ich das berühmte Freiheitslied gerne zu Ende gehört hätte, ging ich weiter über die Brücke und an der Gracht entlang, ließ mein fiets stehen, bewunderte die vielen Lichter und Auslagen in den Fenstern und fühlte mich wieder wie ein Kind. Na ja, fast. Es war Langer Donnerstag und alle winkels noch offen, und anders als in Deutschland, wo ja mittlerweile jeder Tag bis auf den Sonntag lange Öffnungszeiten hatte, freute ich mich hier darüber, wenn ich nach achtzehn Uhr noch überall Geschäftigkeit sah. Als Kind hätte ich jetzt kein Geld in der Tasche gehabt, um in diesen Laden zu gehen und mir einen roten Kaschmirpullover zu kaufen. Und wenn jemand dabei gewesen wäre von den Großen, jemand mit Geld, dann hätte ich wahrscheinlich einen ganz anderen Pullover bekommen als den, den ich mir gewünscht hatte. Als Kind hätte ich sowieso erst mal alles mühselig auf den Wunschzettel schreiben müssen und diesen dann auf den Balkon legen, damit er am Morgen weg war – und überhaupt. Ich hatte aufgehört mit meiner westfälischen Familie Weihnachten zu feiern, als ich nach Berlin gezogen war und dort Hauke kennengelernt hatte. Hauke hatte nämlich was gegen Familie, und gegen Weihnachten auch. Es war mühsam gewesen, ihn davon zu überzeugen, dass Weihnachten doch eigentlich etwas Schönes war. Ein schönes Fest, bei dem es etwas Herrliches zu feiern gab, die Geburt eines Kindes.

Hier gab es eine ganz bestimmte Süßspeise namens *beschuit met muisjes*, die dem Brauch nach zur Geburt eines Kindes zubereitet wurde. Das war jedoch nicht unbedingt ein Kuchen aus Biskuitteig, wie der Name nahelegte, sondern traditionellerweise einfach eine Art Zwieback, der mit kleinen bunten Aniszuckerperlen belegt wurde, die wie Mauseschwänze aussehen sollten, oder so ähnlich. Das wiederum war interessant in Hinblick auf die Tatsache, dass Biskuit im Französischen ursprünglich mal den Schiffszwieback, heute aber eine Art lockeren und süßlich-weichen Teig meinte. Man konnte sich also quasi aussuchen, ob man es hier mit einem falschen oder einem echten Freund zu tun hatte. Ich hatte als gerade Zugezogene noch kein einziges beschuit met muisjes zu Gesicht bekommen, und so wie es momentan aussah, würde ich selbst auch so schnell keines backen oder gebacken bekommen. Aber ich fragte mich, ob man nicht konsequenterweise auch an Weihnachten beschuit met muisjes herstellen müsste, denn schließlich wurde ja ein Kindlein geboren, und deshalb feierte man doch eigentlich dieses Fest. Und da ja die Eltern des Kindes bereits tot waren, also keinesfalls mehr in der Lage, seine Ankunft in gebührender Weise zu feiern, da könnte ich doch ersatzweise dem Jesuskind zu Ehren an Weihnachten beschuit met muisjes herstellen, warum eigentlich nicht? Das hieße wohl mehrere Fliegen mit einer Klappe schlagen: Ich würde diesem fremden Brauch auf die Spur kommen, mein Verhältnis zu Gott würde sich schlagartig um ein Vielfaches verbessern, und ich würde nicht zuletzt an Weihnachten eine noch nie geschmeckte Köstlichkeit verzehren können. Na, wenn das nicht drei gute Gründe waren.

Und während meine Gedanken also die üblichen Kapriolen schlugen und immer neue Schleifen zogen, näherte ich mich dem Ziel meiner Begierde. Es war ein kleiner Stand mit Glühwein, den ich natürlich nur trank, um mir die kalten Finger zu wärmen, denn eigentlich hatte ich dem Alkohol abgeschworen. Wer mehrere Jahre lang im wilden Berlin mit einem älteren Geliebten, der dem Trinken nicht abgeneigt ist und für den der Begriff *relatieverslaving* geradezu erfunden worden zu sein scheint, eine nur mühsam laufende Kneipe betreibt, ohne wenigstens ein bisschen dem Alkohol zu verfallen, der kann kein echter Mensch sein. Ich aber war ein echter Mensch, das spürte ich jeden Tag, und gerade jetzt, als der warme, süße Wein durch meinen Körper rieselte und sich nahezu unmittelbar das Gefühl einstellte, als umhülle jemand mein Gehirn mit Watte, und ein Filter sich über die Lichter der nächtlichen Gracht legte, sodass sie in noch schöneren, leuchtenderen Farben zu glühen begannen, da war ich ein sehr, sehr echter Mensch. Nämlich einer aus Fleisch und Muskeln und Sehnen, voller Emotionen und Geist und viel warmem Blut in allen möglichen Körperteilen, die sich mal vereinten und mal auseinanderzustreben schienen, und ich sagte *bedankt* zu der hübschen, wie immer großen, wie immer blonden Studentin, die mir das Rückgeld brachte, und sie antwortete *enjoy* und lächelte mich strahlend an.

Apatheia

Das Fatale am Alkohol war ja, dass er einem über Jahre, manchmal auch Jahrzehnte hinweg, sehr gut bekommen konnte. So war er nicht nur ein guter Begleiter in der unsicheren Jugend, sondern auch ein Freund der Erwachsenen, gesellte sich friedfertig und sozial engagiert in allen möglichen Lebensräumen hinzu und ließ mich bisweilen glauben, genau jene Einheit erlangt zu haben, nach der ich mich so sehnte und die ich bei Thijs beobachtet zu haben glaubte. Thijs aber war, wie sich bald nach unserem Kennenlernen herausgestellt hatte, insgesamt eher der Nüchternheit verhaftet. Er liebte es, morgens mit dem ersten imaginären Hahnenschrei aufzustehen, *een moment te creëren*, wie er es nannte, also ganz an den Augenblick gebunden eine Stunde Yoga zu machen, einen grünen Tee zu trinken, ein Bad zu nehmen, ein gesundes ayurvedisches Frühstück zu sich zu nehmen, um dann um neun Uhr putzmunter und aufgeräumt wie ein Bräutigam am Hochzeitstag im Seminar des *Instituut voor Religiewetenschap* einen Hebräischkurs zu absolvieren. Wenn ich da an mein eigenes disparates Studium dachte, dann fielen mir immer nur die Streiksemester ein, in denen wir mit Bierflaschen in der Hand Transparente gegen Studiengebühren geklebt hatten, und an die Zeit, als vierzehn Uhr viel zu früh war, um ein Seminar zu besuchen. Wenn ich Thijs davon erzählte, lachte der mich nur an oder aus und fragte feixend nach Fritz Teufel. Ob ich den noch gekannt hätte.

Na, jedenfalls schien der Alkohol in Thijs' Leben keine Rolle zu spielen und somit in seinem Falle logischerweise auch nicht für die Einheitsstiftung seiner Person verantwortlich zu sein. Wobei man da natürlich zwischen äußerer und innerer Einheit unterscheiden musste. Jemand konnte ja nach außen durchaus einheitlich wirken, ohne es aber innerlich zu sein. In Berlin hatte ich einige Menschen dieser Art kennengelernt, insbesondere in dem einen Jahr, als unsere Kneipe, das *Hauke's* – ja, mit Deppenapostroph, wir hatten das orangefarbene Schild auf dem Flohmarkt gekauft, und es passte wie die Faust aufs Auge über unsere Ladentür –, als also das Hauke's Anlaufstelle für ein junges Start-up-Unternehmen gewesen war, das sich in einer der damals noch brachliegenden Industriehallen im Kiez niedergelassen hatte. Da waren doch einige Leute der Marke außen hui, innen pfui bei uns aufgelaufen, bisweilen äußerlich wunderschöne Wesen, die sich innerlich jedoch bis in den letzten Winkel ihrer schwarzen Seele als verdorben herausstellten.

Aber das war nicht die einzige Möglichkeit, wie Schein und Sein auseinanderklaffen konnten. Es gab noch eine andere Zerrissenheit, die ich von mir selbst kannte und die mit dem Aussehen nichts zu tun hatte. Ich selbst war ein überaus durchschnittlich aussehender Mensch. Wer mich betrachtete, musste weder das Gefühl haben, von etwas Ungutem wie einem hässlichen Köter belästigt zu werden, noch wurde er oder sie vom strahlenden Glanz meines Antlitzes niedergemäht wie von einem Polarlicht zur Mittsommernacht. Ich war eben mehr so Mittelmaß, mittelgroß, mittelschlank, mittelbraunes, mittellanges Haar, Schuhgröße 38 und so weiter. Dahinter vermutete niemand irgendetwas Besonderes, weder im guten noch im schlechten Sinne. Ich bin zum Beispiel noch niemals am Zoll zu einer Kontrolle herausgepickt worden, dafür ist aber auch nie jemandem aufgefallen, wenn ich auf dem Klassenfoto in der Schule fehlte. Von außen war meine seelische Fragmentierung also nicht oder nur minimal zu erkennen, höchstens vielleicht an der kleinen Falte zwischen meinen Brauen oder einem gelegentlichen nervösen Tick meiner Augen, doch gemeinhin war ich unauffällig, wohlerzogen und beherrscht und wirkte wahrscheinlich oft genug sogar zufrieden, wenn nicht gar glücklich. Unklar war, ob es sich bei dem Gefühl des Zerissenseins und der Spaltung um einen schwerwiegenden Makel oder einfach um ein menschliches Grundgefühl handelte, das alle irgendwie teilten, sich aber nicht gleichermaßen zu Herzen nahmen. Ja, manchen war es vielleicht nicht einmal bewusst.

Konnte es das geben, ein unbewusstes Gefühl? Vielleicht war ja der äußerlich so schöne Thijs innerlich ebenfalls komplett fragmentiert, merkte es selbst aber gar nicht oder hatte es sich antrainiert, darüber hinwegzusehen. *Apatheia* hieß diese Haltung im Altgriechischen, hatte Thijs mir erklärt, als ich ihn einmal zufällig in der Bibliothek traf, die ich hin und wieder besuchte; Thijs, der nicht nur Hebräisch lernte, sondern auch bereits das Latinum und das Graecum in der Tasche hatte. Als eine Art der Unempfindlichkeit hatte er mir diese Apathie interpretiert, aber keine körperliche, mehr eine seelische. Einmal hatte Thijs nämlich erzählt, dass Menschen in der Antike zum Beispiel in den Sizilianischen Bullen gesperrt werden konnten, ein grausames Folterinstrument aus Eisen oder Bronze. Unter diesem eisernen Bullen wurde sodann ein Feuer angezündet, das diesen immer mehr erhitzte. Das Instrument war dazu gedacht, die Opfer zu quälen und dabei das Publikum zu ergötzen. Durch ein kompliziertes Luftgängesystem drangen die Schmerzensschreie der Gequälten nach außen und klangen dabei wie das Brüllen eines Bullen. Täuschend ähnlich. Und dann kam erst der beste Teil der Geschichte! Da soll es nämlich eine bestimmte Spezies von Philosophen gegeben haben, die Stoiker, die sich buchstäblich darum gerissen haben sollen, in diesen Bullen eingesperrt zu werden. Und zwar, um ihre übermenschliche Seelenstärke und Apathie unter Beweis zu stellen. Seht her, ich werde zu Tode gequält, aber es macht mir nichts aus, war deren Devise. Da gab es also den Schmerz und den Schmerz über den Schmerz. Und gewonnen hatte der, der den Schmerz über den Schmerz aus seinem Leben verbannte. Wenn das möglich wäre, dann wäre der Schmerz über die eigene Unzulänglichkeit mehr so ein hintergründig wütender Schmerz, der aber von einem starken Opiat namens Apatheia im Zaum gehalten und ertragbar gemacht wurde, sodass man ihn nicht mehr wahrnahm oder einfach vergaß. Ein Schmerz, der da war, aber keine Rolle mehr im Leben spielte. Wenn das möglich wäre, dachte ich, dann hatte man entweder alles gewonnen oder alles verloren. Ich konnte mich nicht entscheiden, was von beidem eher zutraf.

Ich nahm noch einen Schluck Glühwein, der nach Zimt und Anis und Orange schmeckte, also keine Plörre war, wie sie einem sonst auf den Weihnachtsmärkten häufig angedreht wurde, sondern selbst gemacht und richtig gut, und während der Leierkastenmann aus der Ferne in das Abendlied der Kirchenglocken einfiel und im Glockenturm die ausgeklügelte Weihnachtslichtershow begann, spürte ich, wie auch mein Schmerz, den die Zerrissenheit mit sich brachte, durch den Alkohol betäubt, ganz sanft in den Hintergrund trat. Und ein paar Augenblicke lang war die Welt eine wunderschöne Schneekugel ohne Schnee, aber mit vielen Lichtern, und ich saß darin und meine Seele saß darin, und alles, alles war gut.

Hond I

Am nächsten Morgen fühlte ich mich ein wenig dunstig, vernebelt und müde. Das hatte das Alter so an sich, ab Mitte dreißig spürte ja der Mensch jede Sünde des vorherigen Tages in Körper und Geist mit einer Nachwirkung von etwa 15 bis 30 Prozent. Diese Prozentzahl konnte variieren, je nachdem, wie solide oder wild man in der Jugend gelebt hatte. Und natürlich kam es auch darauf an, was man am Vortag so getrieben hatte. Ein Wandertag hatte andere Nachwirkungen als ein Tag im Büro. Bei mir waren es jedenfalls schätzungsweise 20 Prozent Nachwirkung, und 20 Prozent von zwei Bechern Glühwein fühlten sich am Morgen in etwa so an, als habe der Zahnarzt mit seiner Spritze nicht nur mein Zahnfleisch, sondern gleich den ganzen Kopf betäubt. Ich wollte heute aber wieder produktiv sein und klar und frisch, deshalb beschloss ich, zunächst wie jeden Morgen zu duschen. Dazu kletterte ich aus meinem Bett, was schwer war, denn in seiner alten Matratze sank man ein wie im Moor, schob mich dann seitlich durch die schmale Lücke zwischen Bett und Kleiderschrank, ging die drei Schritte zum Regal und suchte mein Duschzeug. Ich ließ das nicht im Bad, weil ich ja nicht allein hier wohnte und mich noch nicht wieder daran gewöhnt hatte, anderen Menschen zu vertrauen, die ich eh kaum kannte, weil sie immer arbeiteten oder auf Reisen waren oder pendelten, oder alles auf einmal, wie zum Beispiel Maja, oder weil sie vielleicht auch gar keine Lust auf Konversationen am Küchentisch hatten, wie zum Beispiel John. Mehr waren da gar nicht außer Maja, John und mir, und sie störten mich auch nicht weiter, was mich aber manchmal doch störte, war die Tatsache, dass ich das ehemalige Kinderzimmer des Hauses bewohnte.

Mein Zimmer lag gleich unterm Dach mit Blick auf einen schönen weiten Innenhof und die Fenster der Häuser gegenüber, die wie im Weihnachtskalender aussahen, und war winzig klein. Ich hatte gerade Platz genug, mich zwischen dem für den Raum viel zu großen Bett, dem Schrank, dem Regal und dem Schreibtisch zu drehen, was manchmal, wenn ich etwas suchte, dazu führte, dass ich mich wie ein Kreisel benahm. Dafür aber war es mein Zimmer, und ich hatte einen Mietvertrag, und ich konnte es bezahlen. Das waren drei Dinge, die man in Utrecht nicht genug hochschätzen konnte. In den wenigen Wochen, die zwischen meinem endgültigen Beschluss, aus Berlin zu verschwinden, und meiner tatsächlichen Abreise vergangen waren, hatte ich eine Menge Wohnungsanzeigen gelesen, aber nur wenige Telefonnummern angerufen. Zwar gingen immer noch regelmäßig die Annoncen eines Maklerbüros in meiner Mailbox ein, man wusste ja nie, aber die meisten brachten mich eher zum Lachen oder Weinen und landeten direkt im virtuellen Papierkorb. Als ich heute den Rechner startete, sprang mich gleich wieder etwas an:

loft apartment (65 m²) – 2 bedrooms – with roof terrace of 30 m²! – 1750 including gas water electricity – ideal for couples or homesharing available per end of december.

Ja klar, dachte ich, genau. Selbst wenn ich jemanden hätte, die oder der ein solches *homesharing* mit mir machen würde, müssten wir immer noch jeder 875 Euro auf den Tisch legen. Jetzt zahlte ich 550, was für Utrechter Verhältnisse das absolute Minimum war. Im Verhältnis waren da die 875 Euro gar nicht viel, aber sie gingen dann eben doch klar über meine Verhältnisse. Für 1750 Euro hätte man im Wedding eine 8-Zimmer-Wohnung mieten können, oder zumindest damals noch, vor zehn Jahren, als ich hingezogen war. Die Miete für das Hauke's hatte 680 gekostet, und das war eine Kneipe mit angrenzendem Wohnbereich gewesen. Der Mietvertrag war noch aus den 90ern, und Hauke hatte sich über jede Erhöhung aufgeregt, als würde man ihm den Garaus machen. Ach ja, eigentlich war es auch egal, was man wie wo zahlte, furchtbar aufregen konnte man sich immer und über alles. Und ich dachte an den Bullen von Phalaris und merkte, dass ich es leid war, über Wohnungsnot nachzudenken. Ich sollte diesen dummen Newsletter abbestellen, dachte ich, während ich ins Bad hinüberging, in dem es, *lekker, lekker!*, wie die Niederländer bei jeder Gelegenheit sagten, nach Majas Vanilleshampoo roch, und mein Nachthemd von mir warf. Dann riss ich das kleine quadratische Fenster über meinem Kopf auf und drehte die Dusche auf 45 Grad.

Ich liebte das, ach wie liebte ich das. Von oben strömte die eisige Herbstluft herein, und gleichzeitig stand ich unter dem heißen Regen der Dusche. Wo beide aufeinandertrafen, entstand ein wunderbarer Dampf, der bald das ganze Bad einhüllte. Dann begann ich zu singen und musste, wie immer wenn ich unter der Dusche stand und trällerte, an diesen Film von Woody Allen denken, na eben diesen einen, vom letzten oder vorletzten oder vorvorletzten Jahr, in dem ein Mann das irre Gesangstalent eines anderen entdeckte, weil der immer so laut und schön unter der Dusche Opern sang. Und dann sollte der begabte Mann auch einmal in einer echten Oper singen, vor vielen Leuten, und versagte dabei kläglich. Er konnte eben nur unter der Dusche singen. Ich fand das absolut nachvollziehbar, denn auch ich konnte nur unter der Dusche singen. Aber dann: Ach, wie herrlich! In dem Film von Woody Allen gab es nämlich doch noch ein Happy End! Der findige Entdecker des Badezimmersängers kam nämlich auf die irre Idee, eine Dusche auf der Opernbühne zu installieren, und am Ende tönten unter dem Wasserstrahl atemberaubende Arien hervor. Es gab für die meisten Dinge eine Lösung, sagte dieser Film. Man musste nur umdenken können.

Auf die große Opernbühne wollte ich natürlich nicht. Mir reichte es, wenn ich mir vorstellte, dass vielleicht unten auf der Straße, zwei Stockwerke tiefer, jemand mit seinem *hond* vorbeistiefelte, ihn Gassi führte, *uitlaten* musste, wie das hier hieß, so wie jeden Morgen, und dann eine Weile unter meinem Badezimmerfenster stehen blieb, um meiner Stimme zu lauschen. Die vorbeilaufende Person konnte dabei in meiner Vorstellung alle möglichen Gestalten annehmen. Mal war es eine Frau, öfter jedoch ein Mann. Manchmal sah er aus wie eine ältere und ein bisschen herbere Version des jungen Thijs, häufiger jedoch waren mir die genauen Gesichtszüge unbekannt. Wichtig war nur, dass diese von mir erdachte Person also mit einem hond (denn sie brauchte ja einen Grund, um in dieser Frühe, dieser Kälte auf dem Trottoir auf und ab zu spazieren) vor meinem Fenster entlangschlenderte und dann gebannt darunter stehen blieb und verweilte, um meiner Stimme zu lauschen. Wie sie so voll und kräftig inmitten einer Dampfwolke aus dem Rahmen geflogen kam und in den wunderbar klaren Morgen segelte. Ich sang unter der Dusche immer und ausschließlich Lieblingslieder, natürlich nur die einfachen, die sich zum Nachsingen eigneten. Und heute sang ich Kreislers *Ich kann tanzen*. Das Lied war mir immer schon als ein Meisterwerk der Ironie erschienen, als ein sich selbst widersprechender Sprechakt, denn schließlich sang das Ich die ganze Zeit davon, dass es zwar tanzen oder singen konnte, es aber nicht tat. Ich liebte dieses Lied vor allem deshalb, weil es mich in den letzten Wochen in Berlin davon abgehalten hatte, die Angst vor dem Weggang zu groß werden zu lassen. *Ich kann weggehen, doch ich geh nicht weg*, dichtete ich in Kreislers Sinne, und dabei packte ich schon die Koffer. Das war beruhigend, das war hypnotisch. Und plötzlich hatte ich im Zug gesessen und, *kedeng, kedeng*, sechs Stunden später in Utrecht Centraal *op het station* gestanden, in meinem neuen Leben, oder was auch immer das werden sollte.

Als ich nach dem Duschen in dicker Jacke und meiner geliebten Schalmütze, die zusammen mit dem Hosenrock im Sommer die beste Erfindung war, die je ein Kleidungsfritze erdacht hatte, aus dem Haus trat, war meine Stimme in ihrer Nebelwolke längst davon geflogen. Vielleicht war sie bereits bei den Sternen angelangt oder hatte sich aufgelöst. Wer wusste schon, was die Töne so machten, wenn kein Ohr da war, um sie zu hören. Und es stand auch kein Mensch mit Hund auf dem Bürgersteig, denn es war, wie gesagt, lausig kalt, und außerdem war ich mir ja gar nicht sicher, ob da wirklich jeden Morgen jemand stand, denn ich traute mich nicht, aus dem Fenster im Bad zu gucken. Das Fenster war außerdem viel zu hoch und ziemlich klein, ich hätte mir einen Hocker oder so etwas ähnliches in die Dusche stellen müssen, und selbst dann hätte ich, auf dem Hocker balancierend, vermutlich nur die gegenüberliegende Straßenseite sehen können, wenn überhaupt. Wenn ich also wirklich hätte wissen wollen, ob da jeden Morgen jemand stand und lauschte, hätte ich entweder einen Komplizen anheuern müssen, der für mich nachschaute, während ich sang, oder irgendwo eine Kamera installieren. Beides aber kam für mich nicht infrage. Das eine war mir irgendwie zu peinlich, und Videoüberwachung lehnte ich aus politischen Gründen ab. Außerdem war es fraglich, ob ich jenes Wesen, jenen Lauscher auf eine solche Weise wirklich hätte einfangen können. Es hat ja auch noch niemand einen Geist gefilmt, und ich war mir über die physische oder auch metaphysische Beschaffenheit des Zuhörers nicht im Klaren. Da war nur jeden Morgen zufällig dieser Gedanke in mir, die Vorstellung, ja, vielleicht sogar Vision, dass da unten jemand stand und zuhörte, und das reichte mir aus. Ich war ja eigentlich froh, vorläufig eine Vogelfreie, dem Berliner Gefängnis entkommen zu sein. Da brauchte ich so schnell keine neue relatie, und relatieverslaving erst recht und sowieso nicht.

Wieso war ich eigentlich so versklavt gewesen, damals in Berlin, fragte ich mich, während ich unbeholfen am Fahrradschloss herumfuhrwerkte, ich hatte doch tun und lassen können, was immer ich wollte. Es hatte doch eigentlich nichts gegeben, was mich dort eingeschränkt hatte. War also meine Versklavung in Berlin eine Versklavung durch Freiheit gewesen? *Freiheit aushalten* war einer von Haukes Lieblingssprüchen gewesen, den er mal irgendwo aufgeschnappt hatte. Und in der Tat, dachte ich, hatte der Satz eine gewisse Wahrheit. Denn die Berliner Freiheit auszuhalten, das war gar nicht einfach gewesen. Ja, bisweilen war sie mir gar unerträglich erschienen, diese Ungebundenheit, das Flatternde, Junge, all das Kreative, das manchmal eine furchtbare Lähmung erzeugen konnte; dann die sich nahtlos ans geisteswissenschaftliche Studium anschließende Armut der Freunde, die keine Lehrer werden wollten und stattdessen allesamt T-Shirts bedruckten, Gedichte schrieben oder es mit einer Kneipe versuchten; all das Patchwork innerhalb der vielen Wahlverwandtschaften, all die Kitas mit ihren tausend kleinen Hannahs und Pauls und Alis darin, die nie wussten, wer sie heute abholen käme, die rasant steigenden Mieten, der Terror, der Suff, der Krach, der Kapitalismus … Meine Liste war endlos, ungerecht und unvollständig, doch sie durchzugehen gab mir Kraft. Schließlich zeigte sie, dass meine Entscheidung, aus all diesem Chaos wegzugehen, die richtige gewesen war. Und als ich auf das Fahrrad stieg und wenig später sah, dass die kleine Gracht in der Nähe meines Hauses mit einer hauchzarten Eisschicht überzogen war, dünn wie morgendliche Haut auf etwas zu stark erhitzter Milch, da waren mein Kater und die ganze schlechte Laune wie weggeblasen.

Bob Dylan

Nein, ich ließ mir diesen Morgen nicht verderben, dessen Luft eisig und klar war, über mir ein kalter Himmel, blau wie die Augen von Reinhold Messner, wenn er auf einem Fünftausender steht. Was hatte ich schon zu verlieren, außer meinem Leben natürlich oder meiner nicht versicherten Gesundheit, so ganz ohne *zorgverzekering*, da könnte ein Unfall richtig teuer werden. Für den Staat, für meine Angehörigen, für wen auch immer. Da musste ich mich dringend drum kümmern, denn hier in Holland musste man das selbst in die Hand nehmen. Krankenversicherung war Sache des Individuums, und der Basissatz musste aus eigener Tasche bezahlt werden. Solange ich also keinen Unfall hatte in diesem *gezelligen* Treiben, war alles gut.

Von Unfällen handelte dann auch mein erster Eintrag ins dagboek over de gelijkenissen, den ich bei *Lebowski* vornahm, einer Mischung aus Bar und Café, gemütlich eingerichtet und immer gut besucht, in einer der kleinen Seitenstraßen des Universitätskwartiers und niedlich eingerichtet. So ein Laden, wie ich ihn auch immer gerne gehabt hätte; eben kein ranziges Ecklokal wie das Hauke's eines gewesen war, aber das hatten wir ja schon. Und so notierte ich in meiner fahrlässigen Handschrift mit der Nase im koffie verkeerd den Weg zum ersten morgendlichen Café. Lustige Straßennamen kamen dabei auf, Archimedeslaan, Platolaan, dann skizzierte ich den Unfall einer Studentin:

Neben mir gerät ihr Schutzblech in die Speichen, sie strauchelt, wir sind zum Glück noch im Anfahren, ihr Rad kippt in Zeitlupe vornüber wie ein Mensch, der Handstandüberschlag macht, die Studentin fängt sich ab, es ist ein sehr langsamer Sturz, eigentlich mehr ein Hinsinken, in ihrem rechten Ohr steckt noch der winzige Kopfhörer, der andere baumelt am Schal, und ich denke noch *gute Reaktion* und weiß, das heißt ganz sicher *goede reactie*, doch aus meinem dummen Mund kommen bloß die Worte *good reaction*, was immerhin die Frau beruhigt, aber mich, mich verstimmt es ein bisschen. Immer wieder diese Sprache, denke ich, es ist wirklich eine Crux.

Die Sprache und die Kleinigkeiten waren ja sowieso die Hauptinhalte meines Tagebuchs, und wer darin persönliche Abgründe, tiefe psychologische Geheimnisse oder welterschütternde Erkenntnisse allgemeiner Natur suchte, würde enttäuscht werden. Es waren die Kleinigkeiten, die mir den meisten Stoff gaben, sich zu Giganten auswuchsen und einen ganzen Vormittag in Anspruch nehmen konnten. Das konnte ein einfacher Gegenstand am Wegesrand sein, wie zum Beispiel der von letzter Woche Dienstag. Ich blätterte zurück, ja da stand noch alles:

Wie ich die alte Reisetasche in einem Haufen Müll am Wegesrand hatte stehen sehen, diese Tasche, deren schweres, dunkles Leder mir selbst aus der Entfernung von hundert Metern und aus voller Fahrt in die Augen gestochen war, sodass ich mein Rad aus dem Verkehrsstrom hatte reißen müssen, um sie mir näher anzuschauen. Die Tasche war groß und vollgestopft mit alten Akten und Müll. Ihre dicken Nähte waren aufgeplatzt, und an den Außenseiten hatte sie Schimmel angesetzt. Doch trotz dieser kleinen Fehler war sie wunderschön gearbeitet, zusammengesetzt aus großen Lederteilen, ausgestattet mit festen Riemen und robusten Silberschnallen. Das war kein billiges Pressleder, nein, hierfür hatte mindestens ein stolzes Rind sein Leben lassen müssen. Und mit Vergnügen las ich bei mir selbst nach, wie ich kurz überlegt hatte, die Tasche auszuleeren und mitzunehmen, sie zu säubern und zu einem Schuster zu bringen, der sie neu herrichten würde – wenn ich denn einen Gepäckträger gehabt und nicht bereits die schweren Tüten mit den Einkäufen an meinem Lenkrad gebaumelt hätten. Es war ja nur eine Tasche gewesen, könnte man meinen, eine Kleinigkeit. Und doch war sie mir den ganzen Morgen nicht aus dem Kopf gegangen. Und so stand in meinem Tagebuch, wie ich die Tasche also schweren Herzens zurückgelassen hatte, diese Tasche, die bestimmt schon die halbe Welt gesehen hatte, die vielleicht sogar dem Literaturnobelpreisträger und Musiker Bob Dylan gehört hatte, der sicher mit ihr nach Woodstock gereist wäre, wenn er sich denn dorthin getraut hätte, und der in der Tasche jede Menge frische Socken und Drogen gehabt hätte, die er dann unters Volk gebracht hätte. Und irgendwann später hätte er dann die Tasche, in einer Phase akuter Geldnot, auf einem Flohmarkt in Notting Hill verkauft. An einen Touristen mit Schlapphut und Bart, der Hannes Wader zum Verwechseln ähnlich sah, und dieser Tourist hätte die Tasche 21 Jahre lang zu jeder Reise benutzt, nach Indien, Südafrika, Norwegen, Paderborn, in die Türkei und an tausend andere Orte mitgenommen. So lange, bis er starb und sein Sohn, ein Jurastudent, die Tasche in den Keller verfrachtet hätte, um alte Akten darin zu sammeln. Und jetzt hätte der Jurastudent, der bereits ein Rechtsanwalt geworden war, auf Drängen seiner Frau den Keller ausgemistet und die Tasche auf die Straße gestellt. Und ich las mit Vergnügen, wie ich mir geschworen hatte, die Tasche, wenn sie beim nächsten Mal, da ich durch die Straße käme, noch dort stünde, vor dem Müllschlucker zu retten. Die Gute, die schon die halbe Welt gesehen hatte. Die Tasche. Bobs Tasche.

Mijn vlakke land

Auf dem Weg zum zweiten Café dieses Vormittags, einer Klitsche namens *Swantje*, die etwas abgelegen in einem kwartier noch ein ganzes Stück hinter der Moschee und dem angrenzenden Lombok lag, dafür aber unschlagbar billige kleine Mittagessen anbot, zu denen man hier anglisierend *lunch* sagte, damit aber eigentlich nichts als broodje meinte, broodje, broodje und immer wieder broodje, auf diesem Weg also hatte ich mit Gegenwind zu kämpfen. Dies ist erwähnenswert, weil Gegenwind, also im ganz und gar physischen, so wenig metaphorischen Sinne wie eben möglich, in Berlin eigentlich nie vorkam. Und selbst wenn der eine oder andere Berliner Radfahrer, der ich nie gewesen war – ich war Fietsfahrerin, nichts anderes, und auch nur, weil eben alle hier fiets fuhren –, dieser Berliner Radfahrer könnte mir also vielleicht widersprechen und sagen, dass es auch in Berlin manchmal windig sei, aber, so würde ich erwidern, in Berlin handelt es sich eben um einen ganz anderen Wind.

Hier in Utrecht ging der Wind als breite Front, als salzige Wand über Stadt und Felder dahin, wehte über die ganze Region, ja das ganze *vlakke land*. Es war ein

Seewind, der durch seinen ganz leicht fischigen Geschmack zugleich den Duft von Ferne und Meer und Veränderung hatte. Er wehte auch gar nicht, der Wind, sondern er kam in Böen und schob und drängte mich fast von der Fahrbahn, wenn er seitlich kam, führte zu Fortbewegung in Zeitlupe oder gar Stillstand, kam er von vorne, und machte mich fliegen, sollte er, was komischerweise in weit weniger als einem Viertel der Fälle zutraf, auch mal von hinten anschieben. *De wind in de rug,* sagte man hier dazu. Meinen Nachforschungen zufolge kannte das Niederländische 37 Sprichwörter, in denen der Wind eine Rolle spielte; so konnte man hier zum Beispiel Stunden gegen den Wind stinken, was mir trotz meiner geringen Erfahrung plausibel vorkam.

Diesen stetig wechselnden Wind, dachte ich, den hätte ich in Berlin auch gebrauchen können. Dann wäre ich vielleicht viel schneller aus meinem, aus unserem, aus Haukes und meinem Trott herausgetreten. Dann wäre die gegenseitige relatieverslaving, in der wir mindestens drei der fünf gemeinsam verbrachten Jahre gelebt haben, viel früher aufgeflogen. Dann hätten wir sie als eben jenen Stillstand, jene Pattsituation, in der wir uns, zwei Menschen, die an den entgegengesetzten Enden eines Seil zogen, befunden hatten, erkannt und entsprechend gehandelt. Wäre es windiger gewesen in Berlin, dann wäre vielleicht etwas passiert mit uns, eine Veränderung, ein Einlenken, der große Krach, auf den ich immer gewartet hatte und der nie kam. Weil wir ja in einem beständigen kleinen Krach gewesen waren, in einem, der sich am Ende in fast jedem Wort, in fast jeder Geste gezeigt hatte, hatten wir den großen einfach vergessen. Als hätten nicht nur wir uns, sondern unsere kleinen und kleinsten Teilchen sich bekriegt, auf einer Ebene, die schon nicht mehr im sichtbaren Bereich lag.

Und dann kam mir die Rede eines Physikprofessors in den Sinn, der einmal auf einem Psychologiekongress, den ich während meines kurzen, wirklich sehr kurzen Psychologiestudiums besucht hatte, ein paar einleitende Worte gesprochen hatte. Natürlich nicht, ohne sich vorher ausgiebig für sein Physikprofessorendasein zu entschuldigen, da ja Physiker, wie er sagte, normalerweise nicht viel über die Seele zu sagen hätten. Aber das, was er dann doch sagte, hatte mich ziemlich beeindruckt. Es war nämlich in seiner Rede um kleinste Teilchen gegangen, die, wie er sagte, wenn sie einmal in der Nähe eines anderen Teilchen gewesen waren, auch in vielen tausend Metern Entfernung noch zu diesem Teilchen in Beziehung ständen. Das hatte der Professor als *Quantenverschränkung* bezeichnet, und das Interessante daran war gewesen, dass es zwar keine direkte Informationsübertragung, sehr wohl aber über weite Entfernungen spürbare Wechselwirkungen zwischen zwei Systemen gab. Und das kam mir, wenn ich es von den Quanten und Quäntchen auf den Menschen im Allgemeinen und auf mich im Besonderen übertrug, ziemlich plausibel vor. Denn die Theorie erklärte, warum adoptierte Kinder nach zwanzig Jahren plötzlich ihre leiblichen Eltern suchten, warum Zwillinge, die einander nie gesehen hatten, die gleiche Zahnpasta benutzten, und es erklärte auch, warum ich mich manchmal morgens so furchtbar verkatert und verlassen fühlte, obwohl ich gar nicht oder kaum etwas getrunken hatte und doch gar nicht verlassen worden war, sondern verlassen hatte. Hauke war also, auch wenn wir keinerlei direkten Informationsaustausch mehr pflegten, als eine solche ferne Wechselwirkung immer noch in meinem Leben präsent. Und zwar unabhängig davon, dass ich vor wenigen Wochen mit wehenden, aus dem Rucksack hängenden Wäschefahnen in einen Zug am Ostbahnhof gestiegen war. Und das machte mich wütend. Sicher, wenn man sich frisch in jemanden verliebte, war das eben so, dass man irgendwie hellseherisch wurde und alles und jedes miteinander zusammenhing und der andere einem quasi ununterbrochen nahe war. Man konnte eine solche verliebte Verblendung, die die Fähigkeit, Verbindungen zwischen Dingen herzustellen, erhöhte, biologisch höchst plausibel mit Hormonen erklären. Sodass man es in diesem Zustand als wichtiges Zeichen ansieht, dass der andere auch gerne Kaugummi kaut, obwohl Kaugummikauen doch schwer aus der Mode gekommen ist. Aber Hauke und ich, das hatte doch nichts mehr mit Verliebtheit zu tun. Warum also spürte ich immer noch diese Fernwirkung in mir, warum hatte ich immer noch das Gefühl, mich ihm mitzuteilen und zu erklären, mich für mich selbst und mein Selbst rechtfertigen zu müssen? Und je mehr ich gegen den unerbittlichen Wind ankämpfen musste, desto wütender wurde ich. Und je stärker mir bewusst wurde, dass Hauke, den ich doch, und zwar aus vielen guten Gründen, verlassen hatte, immer noch co-präsent war und die Macht hatte, mein Seelenheil durch idiotische Wechselwirkungen zu beeinflussen, desto aufgebrachter wurde ich also noch. Ja, es wäre wirklich gut gewesen, wenn der Wind uns in Berlin ein wenig durcheinander gerüttelt hätte, dachte ich, aber die Vergangenheit konnte ich ja nun nicht mehr ändern.

Da kam mir eine kurze, sehr kurze Szene in den Sinn, die sich hier, auf dem Fahrrad im Sturm, plötzlich als ein Stück absolute Gegenwart in mir aufspannte: Wie Hauke und ich morgens aufwachen in meiner kalten, kleinen Altbauwohnung mit dem Berliner Zimmer, in dem er oft ist, obwohl er ja offiziell in den zwei Zimmern neben unserem Laden, dem Hauke's mit Deppenapostroph, wohnt, denn Hauke hält nichts von Zusammenwohnen, und wir sind matt und verkatert, und alles ist von so einer depressiven Unterströmung durchzogen. Und wie wir nun dringend jemanden bräuchten, der oder die ein paar Schrippen oder noch besser Croissants holen geht, denn im Kühlschrank ist nur Marmelade, aber wir finden niemanden in meiner Wohnung, die oder der ein paar Schrippen holen geht. Und ich denke, wenn wir mal Kinder haben werden, wird immer noch keiner Schrippen holen gehen, aber was wird sein, wenn wir Windeln brauchen oder Aspirin? Und dann werde ich dort in meinem Bett mit meinem

Kater wütend, genauso wütend wie das andere Ich hier auf dem Rad, was dazu führt, dass ich weinen muss, und Hauke sagt, *ich solle doch jetzt nicht schon wieder so ein Drama wegen nichts und wieder nichts* und so weiter, denn für ihn sind ja die Schrippen nur die Schrippen und ich eine hysterische Alte. Ja, und so war das meistens. Aber darüber zu sprechen, also über die Zukunft, das Zukünftige, das war schwer bis unmöglich gewesen, denn wir waren nie weiter gekommen als bis zu dem Punkt, dass wir eben unterschiedliche Vorstellungen davon hatten, was wir wollten, und dass dieses Wollen unveränderlich war. Schrippen holen gehen wollte hingegen keiner von uns beiden, was auch nicht besser war.

Der Wind wischte mir mit starker Hand die wütenden Tränen von den Wangen und forderte mich heraus, schwer in die Pedale zu treten. Und als mein Blick sich wieder aufklarte, sah ich den Weihnachtsschmuck in den Straßen, sah ich Menschen mit zerzausten Haaren und flatternden Schals, an denen der Wind genauso stark riss wie an mir. Die meisten trugen schon Einkaufstüten mit Geschenken herum, die sie fest umklammerten, damit sie nicht davonwehten, und so traurig und wütend ich auch heute war, so sehr freute ich mich mit einem Mal auf Weihnachten. Das erste Weihnachten allein, ganz ohne Hauke und ohne Familie! Sowieso war es meine Meinung, dass man den inneren psychologischen Vorgängen nicht mehr Raum geben sollte, als unbedingt nötig war, ansonsten geriet man sehr schnell in das, was meine Tante Margot, eine pensionierte Systemtheoretikerin, als *Negativmeditation* bezeichnete. Dann kreiste man irgendwann nur noch um das eigene Problem, und jeder kreative Ansatz zur Veränderung wurde gleich im Keim erstickt. Dadurch aber schuf man, Tante Margot zufolge, überhaupt erst das Dilemma, das nämlich objektiv gesehen gar keins war, denn der Systemtheoretiker betrachtete immer das ganze Geflecht, und aus einem Geflecht gab es viel mehr Auswege als aus einem simplen Dilemma. Und weil also Weihnachten quasi vor der Tür stand und meine wohlstrukturierten Tage in ihrer beruhigenden Gleichförmigkeit nur so dahinflogen, deshalb beschloss ich, nun nicht mehr weiter über mein Hauke-Dilemma nachzudenken und auch das *Swantje* nicht mehr aufzusuchen, wie eigentlich geplant, sondern mitten in der Stadt etwas zu essen und ein paar Weihnachtsdekorationen zu kaufen. Lichterketten und Kerzen und Rotkohl im Glas und solche Sachen, damit mein Weihnachten allein auch ein schönes und festliches werden würde, eines, in dem die gesammelte polnische Christbaumdekoration sozusagen das Tüpfelchen auf dem i werden würde.

Und als hätte der Engel aller Systemtheoretikerinnen meinen inneren Monolog belauscht und wollte mich irgendwie für meinen spontanen Akt belohnen – denn spontane Akte, und zwar nicht nur sexuelle, waren aus systemtheoretischer Sicht gut, sogar sehr gut, da sie Veränderungen anstießen und außerdem irgendwas mit dem Unbewussten oder Unterbewussten zu tun hatten, was wusste denn ich –, als wollte er mich also belohnen, schickte mir Gott, der mit Sicherheit älteste und wichtigste Systemtheoretiker dieser Welt, auch gleich einen kleinen Gruß aus seinem protestantisch-niederländischen Himmel da oben. Und dieser Gruß sah aus wie Martin Luther und hatte den knackigsten Hintern, den ich kannte.

Thijs II

Thijs!, rief ich erfreut, als ich seinen Lockenkopf hinter einem Stand mit Lametta aufwallen sah, und auch er rief meinen Namen, und dann spähten wir uns gegenseitig neugierig in die Einkaufskörbe. Ja, mit Thijs ging das gut. So ein Nachmittag, meine ich. Als wir nämlich aus dem winkel traten, die Taschen voll mit Gläsernem und Glitzerndem und Rotem und Schönem und vielen anderen Dingen, beschlossen wir, noch ein wenig die Oudegracht entlangzuschlendern und mal am Kino vorbeizuschauen, was da wohl so liefe. Und Thijs erzählte von seinen neuen Vorhaben, wie er das immer tat, denn Thijs bestand sozusagen aus Vorhaben, ganz so, als brächte jede einzelne Locke auf seinem hübschen Kopf eine eigene Idee hervor. Und da Locken bekanntlich nachwuchsen, gedieh da also eine unerschöpfliche Anzahl an Ideen auf ihm. Aber im Unterschied zu mir oder Hauke oder den meisten anderen Menschen, die ich so kannte, die ja auch so ihre Ideen und Vorhaben hatten, setzte Thijs die seinigen in den meisten Fällen tatsächlich um. Nachdem er nun gerade seine Studien zu relatieverslaving abgeschlossen und außerdem auch das Hebraicum in der Tasche hatte, drängte es ihn zu neuen Taten.

Mal was Praktisches, sagte er. Eine Geschäftsidee.

Aha, sagte ich, eine Geschäftsidee also, nicht schlecht, die könnte ich auch gebrauchen, vom Tagebuchschreiben allein wird ja keiner satt, was ist es denn?

Und es war natürlich eine ziemlich gute Idee. Allerdings musste ich Thijs versprechen, sie keinem zu verraten, da er sich mit ihr selbstständig machen wollte, und da wäre es natürlich schäbig, wenn irgendwer sie ihm einfach wegschnappen würde. Und während er also begeistert vor sich hin sprach und wir die Gracht entlangschlenderten, an den mittlerweile gänzlich entlaubten Bäumen vorbei, und dann in eine der Hauptgeschäftsstraßen einbogen, konnte ich sein kleines Unternehmen richtig vor mir sehen, so ganz plastisch, und die Konjunktur und den Frühling konnte ich auch sehen, wie sie nach Utrecht kommen würden, eines Tages, bald schon, nächstes Jahr. Die Leichtigkeit des Spaziergangs nahm mich ganz gefangen, auf eine gute Art, so als wäre ich ein Luftballon, der an einer Leine, die nichts, aber auch gar nichts mit verslaving zu tun hatte, hinter Thijs herflog; ein Ballon war ich, gebannt von seinen Ausführungen und seinem frischen, niederländischen männlichen Charme. Gut, diese Erfahrung machen zu dürfen, dachte ich. Zu fühlen, wie etwas Schweres sich in Luft verwandelt. Denn Gedanken waren so ungefähr das Schwerste, was ich kannte, und wenn irgendwer mir gegenüber jemals behaupten sollte, Gedanken seien frei und körperlos, dann würde ich diese Person auslachen. Und zwar herzlich. Jetzt aber lösten sich die Grübeleien auf wie

Zuckerwatte, die vom Wind zerfetzt und in alle Winde gestreut wird. Und ich sah abwechselnd in die Läden und zu Thijs Lockenkopf empor, während wir gleichzeitig versuchten, uns nicht von den Fietsfahrern niedermähen zu lassen, die sich mit halsbrecherischen Aktionen ihren Weg durch die vorweihnachtlich überfüllten Einkaufsstraßen bahnten. Er werde an Weihnachten übrigens auch allein sein, sagte Thijs so nebenbei. Er sei ja gerade wieder Single, und seine Eltern flögen dieses Jahr zu seinem älteren Bruder nach Schanghai. Das könne er, Thijs, der Theologiestudent und Start-up-Unternehmer, sich aber dieses Jahr nicht leisten, und seine Eltern, die stünden eben auf dem Standpunkt.

Auf welchem Standpunkt die denn stünden?, fragte ich.

Ach, sagte Thijs, die stehen immer auf irgendeinem Standpunkt. Die können nicht anders. Standpunkte sind denen das Wichtigste.

Ganz schön abgehoben, sagte ich scherzend, aber Thijs lachte ausnahmsweise nicht. Vielleicht dachte er an Shanghai und seinen Bruder, wie der am 24. Dezember mit seiner tollen chinesischen Frau und seinen und Thijs' gemeinsamen Eltern eine riesige Pekingente verspeisen würde, aber was wusste ich schon von Thijs' Gedanken.

Später schauten wir uns im Kino noch einen Woody-Allen-Film an, es lief ja immer irgendwo einer, und zwar auf Englisch mit niederländischen Untertiteln. Es war ein älterer Film, und er lief im schönsten Kino von

Utrecht, einem, in dem sich vor dem Film noch jemand die Mühe machte, zu erzählen, was man gleich zu sehen bekommt. Also welche Art von Film und von welchem Regisseur und so weiter. Der Film gefiel mir lange nicht so gut wie der mit dem Opernsänger unter der Dusche, was aber nichts ausmachte, denn Woody Allen brachte schließlich ununterbrochen neue Kinofilme heraus, fast so viele wie Thijs Ideen. Und auch wenn es dunkel war im Kino und ziemlich leer, gab es wirklich keine Sekunde, in der ich das Verlangen verspürt hätte, mich Thijs in irgendeiner Weise anders als einfach freundschaftlich zuzuwenden. Thijs, dem Jüngeren, dort im Kino. Auch wenn wir natürlich nebeneinander saßen, und auch wenn unsere Ellenbogen sich das ein oder andere Mal auf der geteilten Armlehne berührten. Ich konnte zwischendurch sogar den Stoff seines Hemdes durch die Wolle meines Pullovers fühlen, was aber auch alles war. Sein gleichmäßiges Profil blieb so unverblümt interessiert auf das Leinwandgeschehen gerichtet, dass an irgendeine relatie, die über die schöne Verbindung des gemeinsam wahrgenommenen Hollywoodspektakels hinausging, nicht im Mindesten zu denken war. Was auch gut so war, denn schließlich war ich nicht nur hundert Jahre älter als er, sondern auch gerade frisch meiner letzten verslaving entkommen. Es war nun erst mal wesentlich wichtiger, mit dem Alten ins Reine zu kommen, als sich wild und romantisch in etwas Neues zu stürzen, was ja sowieso und ganz grundsätzlich für mich nicht infrage kam.

Winter

Zwarte Piet

Die nächsten Wochen vergingen, als würde ein Film schneller abgespult werden. Kaum hatte ich morgens unter der Dusche für den unbekannten Fremden unten auf dem Trottoir meine Arien geträllert, saß ich auch schon im Café, klappte ich mein dagboek zu, bezahlte ich die *rekening*, buk ich appeltaart im theesalon, schlenderte wieder durch die dunklen Straßen. Es war kälter geworden, manchmal richtig eisig, und zwei Tage vor Weihnachten froren die Grachten zu. Als ich am 22. Dezember über die kleine Brücke in der Nähe meiner Wohnung fuhr, bot sich mir ein Bild unwahrscheinlicher Schönheit: Die Feuchtigkeit in den Zweigen der Weiden war gefroren, sodass sie wie vielgliedrige weiße Gespenster still am gefrorenen Wasser standen. Das Eis war noch nicht dick genug, als dass sich jemand darauf gewagt hätte, weshalb auch dieses von märchenhaftem, unberührtem Weiß war. Es sah wirklich beinahe so aus wie diese Winterlandschaft von Bruegel dem Älteren nur ohne all die Menschen, und es hätte mich nicht gewundert, wenn Sinterklaas und sein düsterer Gefährte, wie hieß der gleich noch mal, ach ja, der *zwarte Piet* – arme, umstrittene Figur, die nur wegen ihrer schwarzen Hautfarbe vielleicht abgeschafft werden sollte –, auf einem kleinen Dampfboot, die zarte Eisschicht durchpflügend, um die Ecke gebogen wären. Ich hatte den Sinterklaas immer noch nicht zu Gesicht bekommen, was mich aber auch nicht verwunderte, schließlich gab es nur einen davon, aber 17,1 Millionen Niederländer.

Vom Zwarte Piet hingegen gab es ein paar mehr. 600 Stück sollten dem *Sinterklaasjournal* zufolge vor drei Wochen irgendwo bei Rotterdam an Land gegangen sein! Da standen die Chancen doch schon besser, dass mir mal ganz zufällig einer dieser düsteren Gesellen über den Weg laufen würde. Wobei ja längst nicht gesagt war, dass er wirklich irgendwie dunkel sein würde, nein, der Zwarte Piet des 21. Jahrhunderts konnte alle möglichen Farben haben. Schließlich gab es nicht nur in Amsterdam, sondern in allen größeren Städten den Versuch, den Zwarte Piet nicht mehr als *blackface,* also in Gestalt eines schwarz angestrichenen, dicklippigen und kolonialistisch gekleideten Mohren auftreten zu lassen, sondern lieber rot anzumalen, oder gelb, oder grün. Diese Kritiker wollten so den Rassismus in der Darstellung des Piet umgehen. Kritiker der Kritiker wiederum beriefen sich darauf, dass der Piet gar nicht schwarz sei, weil seine Haut natürlicherweise diese Farbe trage, sondern ganz einfach, weil er eben rußgeschwärzt sei, kohlschwarz wie frisch aus dem Schornstein geklettert. Außerdem liebten ja alle Kinder den Piet gerade eben, weil er so schwarz sei, und die

Erwachsenen meinten, die Kinder könnten sich einfach nicht damit abfinden, wenn der schwarze plötzlich ein bunter Mann sei, auch wenn wiederum meine Lehrerin vom Kursus *Nederlands voor Duitstaligen*, selbst Mutter mehrerer Söhne, meinte, dass sei völliger Quatsch, und die Kinder wollten an Sinterklaas das, was alle Kinder auf dieser Welt wollten, nämlich Geschenke. Welche Farbe dabei der Piet habe, dass sei denen wirklich vollkommen schnuppe, und die meisten würden ohnehin nur noch an den Amazon-Engel glauben. Sie schien mir da selbst doch reichlich desillusioniert zu sein in ihrer Schilderung vom desillusionierten Kinde.

Und ich fragte mich, was wohl der Zwarte Piet, wenn er denn wirklich ein Schwarzer gewesen sein sollte – damals 300 Jahre nach Christi Geburt irgendwo in der Türkei, oder doch erst im 19. Jahrhundert, wo überall in der westlichen Kunst die Orientalismen blühten? –, was der wohl von dieser Debatte hielte, wenn er zufällig aus einem kleinen Spalt im Himmelszelt hinab auf die Erde schauen würde. Was würde er denken, wenn er sehen müsste, wie die Polizei die Straßen absperrte und die Taschen der Menschen, damit bei der Ankunft von 600 Repliken seiner selbst niemand zu Schaden kam?

Wenn er wirklich ein Schwarzer gewesen war, dieser Piet, so dachte ich bei mir, dann könnte es sogar sein, dass er sich ärgerte, wenn sich seine ganzen Vertreter dort unten lieber in allen möglichen Regenbogenfarben anmalten, als einfach stolz seine Hautfarbe zu tragen.

Schön wäre es natürlich, wenn die Leute versuchen könnten, bei ihren Verkleidungen und im Geiste auf irgendwelche rassistischen Stereotypen aus Zeiten der amerikanischen Minstrel-Shows zu verzichten, in denen sich Weiße als Schwarze anmalten und vollkommen irreale Zerrbilder irgendwelcher Sklavenarbeiter darstellten. Das zu umgehen war ja wohl nicht allzu viel verlangt vom Volk, oder doch? Und wenn er sehen würde, dass all seine Nachahmer auf Erden einfach ganz gewöhnliche Schwarze wären, dann könnte der echte Piet das Himmelszelt wieder zumachen, sich auf seiner Wolke ausstrecken und sich vom Sinterklaas ein paar Kekse und einen dicken Joint bringen lassen. Die Zeiten hatten sich schließlich geändert, und morgen würde er mal wieder Michelle, Barack und die Kinder besuchen und danach – natürlich nur aus Spaß an der kleinen Boshaftigkeit – auch mal kurz durch den Schornstein ins Weiße Haus schlüpfen, Donald Trump einen gehörigen Schreck einjagen. Hui Buh. Hui Buh.

Die Tage vergingen jedenfalls, was sollten sie auch sonst tun, und in meinem winzigen Zimmer häufte sich langsam die Weihnachtsdekoration. An den Fenstern hatte ich ein paar Lichterketten aufgehängt, ein Rentier stand auf dem Fenstersims und schaute in den Innenhof hinunter, und nun klemmte auch ein Weihnachtsbaum auf dem Gepäckträger, der bedenklich ächzte, als ich über das Brückchen der Gracht fuhr und in meine Straße einbog. Doch als ich den Baum in den Hausflur verfrachtet hatte, wurde mir klar, dass ich vorher gar nicht bedacht hatte, wo ich ihn wohl am besten aufstellen würde. In meinem Zimmer war definitiv kein Platz, und in der Küche, die ja eigentlich als Gemeinschaftsraum gedacht war, hatte ich mich seit Wochen nicht blicken lassen. Vom Bett war ich in die Dusche gewechselt, von der Dusche aufs Rad und vom Rad ins Café oder in den theesalon, und Maja und John hatte ich so selten gesehen, dass ich nicht mal mehr hätte sagen können, welche Haarfarbe sie hatten. Ich glaube irgendwas mit blond, aber sicher war ich mir nicht.

So stand ich also da, im immer noch fremden Hausflur mit einem gar nicht so kleinen Weihnachtsbaum unterm Arm und dachte allen Ernstes darüber nach, ob ich ihn nicht lieber mit einem Seil an der Zimmerdecke meines winzigen Zimmers befestigen sollte, als ihn in die Küche zu stellen, die zwar auch nicht riesig, aber für so ein Bäumchen immerhin doch geräumig genug war. War das der Anfang? Würde ich nun endgültig paranoid werden und menschenscheu, oder zumindest das, was man gemeinhin wunderlich nannte? Warum bereitete es mir solche Bauchschmerzen, den Baum in die Küche zu stellen? Schließlich würde ich ja in der Küche auch das Weihnachtsessen zubereiten und vermutlich auch verzehren, oder sollte ich im Bett essen, oder am Schreibtisch? Aber den Baum in die Küche zu tragen, erschien mir mit einem Mal unmöglich, unpassend und kindisch. Da hörte ich, dass in der Küche jemand rumorte, etwas aus dem Kühlschrank nahm und den Kühlschrank wieder schloss. Und ich vernahm eine Stimme, die schnell und bestimmt sprach. Das war Maja, die telefonierte, und jetzt öffnete sie die Tür und kam heraus in den Flur, die Telefonhand mit dem Telefon am Ohr, in der anderen Hand eine Schüssel mit Joghurt und Früchten drin, und ich sah, wie sie mich sah, wie ich so unentschlossen da stand, in meiner dicken Jacke und den Stiefeln und in der Hand den Weihnachtsbaum.

Heb jij een kerstboom gekocht?, fragte sie ungläubig, was nichts mit kochen zu tun hatte, sondern damit, dass sie wissen wollte, ob ich einen Weihnachtsbaum gekauft hatte.

Und als ich zögernd nickte, lachte sie ein bisschen, und dann sagte sie etwas auf Portugiesisch ins Telefon, das abschließend klang, und ich dachte, dass ich wahnsinnig froh sein könne, nach Holland und nicht nach Portugal ausgewandert zu sein, denn schon allein um überhaupt erkennen zu können, dass es sich bei dieser vollkommen kryptischen Lautabfolge um Portugiesisch handelte, musste man ein Sprachgenie sein. Dann legte sie auf und fragte mich auf Niederländisch, ob sie mir helfen solle, und ich nickte zögernd, und da sie den Baum ganz selbstverständlich in Richtung Küche bugsierte, fügte ich mich, froh, dass mir die Entscheidung abgenommen worden war.

Wir lehnten den Baum an die Wand neben den uralten Küchenschrank, und dann fiel uns auf, dass wir einen Ständer bräuchten, um den Baum aufzustellen, und dass ich keinen Ständer besorgt hatte, und da ging Maja, die übrigens blond war, und ziemlich groß und schlank und auch ansonsten eben so typisch niederländisch gut aussehend, nach kurzem Nachdenken nach nebenan und klopfte an Johns Zimmertür, obwohl wir beide wussten, dass er nicht da war. Er hatte bereits Urlaub und saß im Flieger nach New York oder London oder Dublin, und so lief sie einfach in das Zimmer hinein und holte einen Bierkasten heraus. John hatte immer Bierkästen im Haus, er war schließlich Ire. Dann nahm sie eine Flasche aus der Mitte des Bierkastens und steckte den Stamm des Baumes hinein, und als wir noch etwas Zeitungspapier in die Seiten gestopft hatten, passte er perfekt. Saß, wackelte und hatte Luft, und wir mussten lachen, weil es natürlich irgendwie schräg aussah, und punkig und gut. Man könnte sagen, der kerstboom im Bierkasten gab der Küche gar etwas Berliner Flair. Auf diese Idee hätte nämlich durchaus auch einer der vielen, hyperkreativen Köpfe aus Neukölln kommen können, dachte ich. Und zwei Wochen später hätten dann diese absolut nachhaltigen und komplett recycelbaren Bierkastenweihnachtsbaumständer mit der Bezeichnung *X-Mas für X-Kölln* in den Schaufenstern der vielen Kreativläden zum Verkauf gestanden. Für 39,99 Euro unverbindliche Preisempfehlung.

Und weil mein Niederländisch noch nicht gut genug war, konnte ich Maja leider auf die Schnelle nicht an meinen lustigen Gedanken teilhaben lassen, aber wir leerten trotzdem die Bierflasche, die vorher in der Mitte des Kastens gesteckt hatte, ohne dass es zu problematischen Gesprächsstockungen kam. Das lag wahrscheinlich daran, dass Maja ziemlich nett war und versuchte, mir meine Verlegenheit zu nehmen, indem sie erzählte, was sie am Tag alles so erlebt hatte, und das war eine Menge. Vielleicht, weil sie in irgendeinem Wirtschaftsunternehmen arbeitete, in dem ihrem Bericht nach beinahe jeden Tag irgend etwas Unerwartetes geschah, vielleicht aber auch, weil Maja so war, wie sie war. Irgendwie ganz anders als ich; ein unkomplizierter Typ, dem zwar Rituale wie Weihnachten eigentlich egal waren, die aber, wenn es sich denn anbot, eben mitmachte. Warum auch nicht? Es war ja schließlich ein sozialer, zwischenmenschlicher und darum irgendwie wertvoller Akt, in dem wir beiden Fremden da nun diese Tanne aufgestellt hatten. Und wenn ich mich weit aus dem milchigen Küchenfenster lehnen wollte, dann könnte ich nun ein paar große und allgemeine Aussagen über den Niederländer an sich im Vergleich zum Deutschen an sich machen. Und diese Aussagen hätten dann irgendetwas mit den kleinen Worten *gezellig* und *gemeenschap* zu tun. Während nämlich diese und vor allem der zweite dieser Begriffe in Verbindung mit meinem Heimatland in meinen Ohren einen furchtbar völkischen Unterton hatte – ich wollte das, ehrlich gesagt, gar nicht so genau wissen, was es da alles für Gemeinschaften in Deutschland gab, das Wort klang bestenfalls nach simpler Vereinsmeierei, schlimmstenfalls aber nach AfD –, während er also auf Deutsch eher unattraktiv klang, war sein niederländisches Geschwisterchen nichts, was man hätte fürchten müssen. Im Gegenteil.

In den wenigen Wochen, die ich jetzt hier lebte, hatte ich mehr freundliche Menschen, die sich in geselliger, pardon gezelliger Manier umeinander kümmerten, kennengelernt als in vier Jahren Berlin. Da waren zum Beispiel die Leute vom theesalon, die einander Kuchen buken und im Gegenzug dazu wunderschöne Vorträge hielten und die ständig für kleine Geschenke, *cadeautjes* genannt, sorgten, immer dann wenn jemand Geburtstag hatte oder umzog oder heiratete oder sonst was war.

Eine kleine Sitte verdeutlichte vielleicht am besten, was es bedeutete, Teil so einer niederländischen gemeenschap zu sein: Ich hatte mich halb totgelacht, als an Thijs' Geburtstag, den wir Anfang November im theesalon begangen hatten, die Anwesenden nicht nur Thijs gratuliert hatten, sondern auch einander.

Hartelijk gefeliciteerd met Thijs!

Nachdem sie Thijs die Hand geschüttelt hatten, hatte Tom Suzanne und Suzanne Tom und die beiden wiederum Piet und Piet allen dreien und schließlich Mia allen dreien und alle drei Mia kräftig die Hände geschüttelt. Und dann musste ich auch ran. Also, ich konnte das irgendwie gar nicht fassen, diese viele Händeschüttelei.

Maja redete übrigens an diesem vorweihnachtlichen Abend ausschließlich Niederländisch mit mir, und auch wenn ich nur die Hälfte von dem verstand, was sie erzählte, machte mir das diesmal kaum etwas aus. Vielleicht, weil sonst alles stimmte. Der kerstboom im Bierkasten in der Küche stand dort in der Ecke exakt am rechten Ort und verlieh ihr etwas unerhört Heimeliges. Bisher hatte ich ja jede Sehnsucht nach daheim einfach verdrängt. Ich war eben hier in der Fremde, im Ausland, war eine Geflüchtete, und so etwas wie Zuhause, geschweige denn Heimat, dachte ich, gab es für mich erst mal nicht mehr. Aber das Bäumchen dort in der Ecke neben dem uralten Küchenschrank, das sagte etwas anderes. Dort in dem Eckchen war wie durch ein Wunder, nur durch die Präsenz einer trotz ihres massiven Unterbaus gerade eben so mannshohen Blaufichte, ein Flecken Heimat entstanden, und am liebsten hätte ich mich unter dem Bäumchen zusammengerollt wie eine Katze neben dem Ofen und wäre bis Neujahr nicht mehr hervorgekommen. Stattdessen aber schmückten Maja und ich, vom Bier in einen kreativen Schaffensrausch versetzt, gemeinsam unseren kerstboom. Dazu befestigte ich die extra gekauften Kerzenhalter an den geeigneten Ästen und holte dann die Kiste mit dem alten Weißblechschmuck meiner polnischen Tante hervor, den kleinen Weihnachtsmann, den stolzen Pfau, das Rentier und alles andere. Als die zehn Figuren hingen, bat ich Maja, mir die niederländischen Bezeichnungen zu sagen, und sie tippte der Reihe nach darauf und nannte ihre Namen:

Een sinterklaas, een rendier, een pauw, een trompet,

een engel, een slee, een klok, een dennenkegel, een kogel, een hart ...

Und weil das natürlich nicht reichte, um einen ganzen Baum zu schmücken, gingen wir noch auf die Suche nach anderen Gegenständen, ganz so wie die schwedischen Kinderbuchhelden Pettersson und Findus am Weihnachtsabend improvisieren mussten, und bastelten bis in den Abend hinein an den wunderlichsten Aufhängungen, von denen Salzbrezeln, Silberlöffel und mit heißen Nadeln durchstochene Kronkorken noch die langweiligsten waren.

Kerstmis

Und dann war er plötzlich da, der große Tag, und ich wieder allein in der Wohnung. Maja war zum Skifahren abgeholt worden und Tom ja ohnehin und wie immer unterwegs. Am Morgen des 24. erwachte ich also in einer bis auf mich menschenleeren Wohnung, irgendwie quer hingestreckt in diesem Bett, das die Hälfte des Zimmers in Anspruch nahm, betrachtete die Zimmerdecke und dachte an früher. Wie ich mich immer auf Weihnachten gefreut hatte. Wie die Adventszeit ewig gedauert hatte. Wie ich den Wunschzettel mit Bildern aus dem Katalog beklebt hatte. Wie wir Plätzchen gebacken und mit Zuckerguss bemalt hatten. In meinem Kopf lief so ein richtiger Weihnachtsfilm ab, und von einem plötzlichen Impuls gepackt, rief ich zu Hause an. Die Mama am Telefon sprach davon, dass ich es mir doch noch mal überlegen solle. Und wie sehr sich alle freuen würden. So ein Weihnachten zu Hause, und Gänsekeulen wären auf jeden Fall genug da. Natürlich hätte ich auch mit der Familie feiern können, klar, und wieder unter dem Baum sitzen, das Geschenkpapier auseinanderreißen wie eh und je. Aber ich hatte mir das hier ja gut überlegt. Das hier, so dachte ich, war meine Reifeprüfung. Und sie war, da war ich mir sicher, mindestens ebenso wichtig wie das Abitur. Mein erstes Weihnachten allein, ohne Partner, ohne Freunde, ohne Familie und wahrscheinlich sogar ohne Jesus Christus, aber wer wusste schon so genau, ob er in der Gnade dieses oder eines anderen göttlichen Wesens stand oder sich ganz allein durchzuschlagen hatte. Erstmal aber waren da nur ich und die polnisch verkleidete Tanne hier in der niederländischen Halbprovinz. Und weil ich außerdem ziemlich genau wusste, wie es sein würde, wenn ich nach Hause führe, jetzt, in meiner Situation, noch nicht mal verlassen worden seiend, sondern selbst verlassen habend, und das mit Mitte dreißig, in der kritischen Phase also, – und was ist denn mit Kindern? –, weil ich also wusste, dass ich diesen oder einen ähnlichen Diskurs über meine, von außen wahrscheinlich als spätpubertäre Verantwortungsvermeidungsstrategie wahrgenommene momentane Schwerelosigkeit nicht besonders gut ertragen würde, deshalb sagte ich meiner Mama, dass das also dieses Jahr leider mal wieder nichts werde.

Und weil sie in Eile war und noch viele Speisen für den Abend vorbereiten musste, fehlte ihr die Zeit für lange Überredungsversuche, und so legten wir ziemlich schnell wieder auf.

Das Erste, was ich tat, war das, was ich morgens immer als Erstes tat, nämlich zu duschen. Ich hatte mir das erst angewöhnt, seit ich in Utrecht gelandet war, und ich glaube, es lag an den Träumen, die mich nachts heimsuchten, Träume, die ich am liebsten abduschen wollte und deren Protagonist immer derselbe war. Der Mann mit H nämlich, über den ich doch eigentlich lieber nicht mehr so viel nachdenken wollte. Beim Duschen wusch ich also, so gut es ging, die Bilder aus der Vergangenheit ab, und zugleich sang ich für das Andere, Zukünftige, nämlich für das Leben; vielleicht auch für das Leben und die Geburt eines Kindes vor langer Zeit, wahrscheinlicher aber für das Leben, das gerade da unten auf der Straße vorbeispazierte und möglicherweise einen Hund an der Leine führte, möglicherweise auch nicht. Aus meiner Kehle drangen heute Weihnachtslieder, drängten sich auf und hinaus, und mir fiel auf, dass ich noch immer fast alle Strophen aller gängigen Lieder auswendig konnte. Das machten bei schätzungsweise neun Liedern à durchschnittlich drei Strophen 27 Strophen; jede Strophe dauerte circa zwei Minuten; also sang ich insgesamt 54 Minuten lang Weihnachtslieder unter der Dusche. Wenn das nicht reichte, um das Herz des unbekannten Menschen meiner Träume da unten auf der Straße zum Erglühen zu bringen, dann, ja dann wusste ich auch nicht weiter.

Als ich bei *Jingle Bells*, dem einzigen nicht deutschsprachigen Lied in meinem Repertoire, angekommen war, Hauke sich weit in mein Unterbewusstsein zurückgezogen hatte und meine rot geduschte Haut schon ganz aufgequollen war, merkte ich, dass ich nicht ein einziges holländisches Weihnachtslied kannte, und dann fielen mir plötzlich die viertausend besten Popsongs wieder ein. In der Küche stellte ich das Radio an, während das Bäumchen meditierend in der Ecke stand und sich auf seinen großen Abend vorbereitete. Von draußen klatschten zwei Schneeflocken, die sich aus weit entfernten oberen Wolkenschichten hierher verirrt hatten, gegen die Küchenscheibe. In den erleuchteten Häusern gegenüber waren Menschen am Werk. Ich sah die Großen in den Küchen mit Rührschüsseln hantieren, die Kleinen auf Hockern dabei oder daneben, während Christkinder verschiedenen Alters und Geschlechts Baumschmuck anbrachten. Ich sah auch streitende Ehepaare und eine sehr alte Dame am Fenster, allein. Beim Anblick der alten Frau fiel mir eine Szene aus einem frühen Buch von Paul Nizon ein, in der ein Schriftsteller am Fenster sitzt und einen alten Mann, den Taubenalten, beobachtet. Und sich so richtig reinsteigert in das Beobachten dieses Alten, wie der die Tauben malträtiert, während drinnen im Zimmer des Taubenalten Frau vor sich hin schimpft. So genau wusste ich ansonsten nicht mehr, was in dem Buch geschehen war, aber die Szene mit dem Taubenalten, die hatte sich mir unauslöschlich ins Gedächtnis gebrannt. Auch die Tatsache, dass ja der Taubenalte, obwohl er im Roman den Protagonisten vom Schreiben abhält, dann schließlich einen nicht geringen Teil des Romans von Nizon ausfüllt. Das war doch ungeheuer lustig und intelligent, dachte ich, so ein Buch zu schreiben, das vom Nicht-Schreiben-Können handelt, und zwar seitenlang. Und dann hörte ich auf, die alte Frau am

Fenster gegenüber zu beobachten, weil sie nämlich dasselbe mit mir tat, und der Blickkontakt, der dabei unweigerlich zustande kam, ein bisschen, nein eigentlich viel zu viel, Intimität und Ähnlichkeit zwischen uns herstellte.

Aus dem Radio jubilierte jetzt Whitney Houston, noch nicht wissend, dass sie bereits tot war, *I will always love you* in die Küche, und ich rührte einen ebenso falschen wie echten Freund namens Biskuitteig an für das beschuit met muisjes, den bereits erwähnten bunten Kuchen für das Jesuskind, während die Entenbrust vom poelier weiter auftaute, und vermisste eigentlich nichts. Ich hatte mir sogar selbst ein Geschenk gekauft, den ebenfalls bereits erwähnten roten Kaschmirpullover, den ich gleich im Laden hatte einpacken lassen, wobei ich seitdem mühsam versucht hatte, den Inhalt meines eigenen Geschenks, das bereits am Bierkastenweihnachtsbaumständer lehnte, zu vergessen. Natürlich gelang das mit dem Vergessen nur halb, aber war es nicht gerade deshalb so authentisch? Ich hatte doch schon seit Jahren kein wirklich unverhofftes Weihnachtsgeschenk mehr bekommen, sondern immer irgendwann gewusst, was ich auspacken würde. Sei es durch einen herumfliegenden Kassenzettel, sei es durch ein nicht geschlossenes Browserfenster im Rechner, sei es durch das Verplappern des Schenkenden oder durch sein offensichtliches Aushorchen meiner Person bezüglich etwaiger Wünsche. Gefreut hatte ich mich trotzdem meistens. Also über Haukes Geschenke. Es war ja schließlich nicht immer alles schlecht gewesen, relatieverslaving hin oder her. Und dann fiel es mir doch wieder ein, dieses Weihnachten vor zwei Jahren, das ich so gerne vergessen hätte, vor allem eigentlich, weil es beinahe unglaublich war, dass wir danach noch fast zwei weitere endlose Jahre zusammengeblieben waren. Und als ich dort stand und in der Rührschüssel rührte, stieg die Szene vor meinem inneren Auge auf, ohne dass ich etwas dagegen tun konnte. Ich war meinem persönlichen Wintermärchen ausgeliefert wie die Gefesselten in Platons Höhle, von der Thijs mir vor Kurzem noch einmal ausgiebig berichtet hatte, also jenen armen Gesellen, die sich ein Schattenspiel an der Höhlenwand ansehen müssen.

Es hatte eigentlich harmlos angefangen. Erst war ein gemeinsamer Spaziergang von Wannsee nach Potsdam geplant gewesen, dort wollten wir etwas essen und danach von Potsdam mit der S-Bahn zurück in die Stadt fahren. Draußen hatte es geschneit, in den Bäumen hing also dick der Schnee, doch die Stimmung war trotz des Ambientes eigentlich schon mies, als wir in Wannsee ausstiegen. Am Abend vorher war es in der Kneipe hoch hergegangen, fast alle Stammgäste waren gekommen, um sich vor Weihnachten noch einmal so richtig abzuschießen. Als könne man durch Alkohol Kraft tanken, um über die Feiertage zu kommen, der typische Denkfehler eines jeden Gewohnheitstrinkers.

Gegen zwei Uhr war ich hundemüde gewesen und wollte eigentlich nur noch ins Bett, aber als ich Haukes glasigen Blick sah, wusste ich, dass ich noch dableiben musste. Andernfalls würde doch wieder die Hälfte der Leute vergessen, den Deckel zu zahlen, oder Hauke würde im Rausch darüber hinwegsehen, die letzten Runden zu notieren, oder Geld würde falsch herausgegeben, oder im schlimmsten Fall würde die Kasse ganz einfach spurlos verschwinden. Es war spießig, so zu denken, klar, und das Gegenteil von Punk, aber wir waren mit der Kneipe wie immer in den Miesen, und die Miete für Dezember mussten wir auch noch bezahlen. Also blieb ich. Widerwillig. Innerlich zähneknirschend. Das mit dem innerlichen Zähneknirschen war eine Kunst, die ich über die Jahre perfektioniert hatte. Man hörte und sah es von außen nicht, aber in meinem Kopf, da knirschte es dann, und zwar laut, richtig laut, in etwa so laut, als würde im Grunewald ein zwölf Meter hoher Baum gefällt. Erst als ich in Utrecht angekommen war, war mir im Badezimmerspiegel die Querfalte an meinem Kinn aufgefallen. Das war sie, ohne Zweifel, die Zähneknirschfalte. Sie war nicht schön, nein wirklich nicht, doch ich ahnte, dass sie mir für den Rest meines Lebens erhalten bleiben würde, schließlich hatte sie sich über viele Jahre hinweg in die Haut gegraben.

Gegen vier Uhr hatte ich die letzten Gäste vor die Tür gesetzt, dort abkassiert, wo außer Versprechungen etwas zu holen war und mich dadurch mal wieder unbeliebt gemacht, aber, ach, was sollte es. Ich war dann einfach nur müde gewesen, und als Hauke und ich uns am nächsten Morgen, der ein Mittag gewesen war, Richtung Wannsee aufgemacht hatten, da war ich noch viel müder gewesen als in der Nacht zuvor. Diese immerwährende Müdigkeit war auch so ein Zeichen gewesen, vielleicht das wichtigste überhaupt, doch ich, nein wir beide, hatten es einfach ignoriert. Heute dachte ich manchmal, dass unsere Trinkerei und die vielen durchzechten Nächte im Grunde Versuche gewesen waren, die Müdigkeit in unserer Beziehung durch eine andere Müdigkeit zu erklären oder zu ersetzen. Durch unseren unvernünftigen Lebenswandel hatten wir uns vormachen können, wir seien eben erschöpft, ausgebrannt von der harten Realität der Außenwelt, was uns zugleich gestattete, die innere Müdigkeit zu ignorieren. Und an diesem Weihnachtsmorgen vor zwei Jahren waren wir dann also doppelt müde gewesen: Ganz real müde, übernächtigt und verkatert, und ermüdet von uns.

Ich hatte es Hauke natürlich schon beim Aufwachen angesehen, als sich seine geschwollenen Augenlider über die eigentlich so schönen blauen Augäpfel gerollt hatten, mühsam wie die Läden im Hause eines Menschen, der heute nicht vor die Tür gehen will. Es war so gewesen, als hätte er aus sich herausschauen wollen wie aus einem Haus, jedoch ohne die Absicht, etwas wahrzunehmen oder mitzuteilen. Was hätte er auch groß wahrnehmen oder mitteilen sollen? Er hatte ja schließlich sein Spiegelbild betrachtet. Die Frau am Fenster, den Taubenalten, mich also. Eigentlich war es ein Wahnsinn, wenn man bedachte, wie viele Dinge an einem menschlichen Miteinander funktionieren konnten, ohne dass der Mensch daran teilzuhaben brauchte. Wir waren dann nämlich doch irgendwie aufgestanden, matt und schweigsam, hatten einen Kaffee getrunken, und noch einen, aber der hatte es nur noch schlimmer gemacht, den eigenen desaströsen Zustand mehr ins Bewusstsein gerückt. Auch in der S-Bahn hatte sich die Stimmung nicht gehoben, ich hatte immer stärkere Kopfschmerzen bekommen und Hauke sich in sein Handy verzogen.

In Wannsee angekommen, waren wir dann in die winterliche Landschaft losgestiefelt, immer am Wasser entlang, zwischen uns und dem See am Anfang noch Villen, Wohnhäuser, Museen und Gedenkstätten. Ein Reiher hatte ganz still wie ein Teil der Statue auf dem dick zugeschneiten Löwen oberhalb des Sees gestanden, und kurz darauf am Uferpfad, wo die Häuser endeten und nurmehr Wald und Schilf und Wannsee sich aneinanderschmiegten, war noch mehr Stille gewesen, bis auf ein paar verlorene Spaziergänger hier und da. Fast erwartete man, einen erfrorenen Hans Castorp oder Robert Walser im Schnee liegen zu sehen, mit Mänteln, Pelzmützen und zu gleichermaßen überraschten wie ergebenen Eismasken erstarrten Gesichtern. Dann wieder blieb mein Blick am gezuckerten Schilf hängen, an den Zweigen der Weiden, die wie knochige Finger im an den Rändern gefrorenen See-wasser feststeckten. Vielleicht war es die zauberhafte Schönheit der Natur, die sich uns dargeboten hatte, einfach als Geschenk und ohne etwas dafür zu fordern, die mir die Ödnis meiner eigenen Seelenlandschaft umso stärker ins Bewusstsein gerückt hatte. Die Welt war so schön, so reich, so anbetungswürdig, und man selbst als Teil von ihr bisweilen so tot.

Die verslaving, von der hier immer wieder die Rede ist, hatte sich irgendwann vor allem im Ausbleiben von Reaktionen gezeigt. *Das Erleiden des furchtbaren Anderen als stille Manifestation passiver Gewalt.* Den Titel hatte ich mir bereits notiert und überlegte, ihn entweder schützen zu lassen oder Thijs für seine geplante Monografie zu schenken. Wenn ich jemals mein Psychologiestudium wieder aufnähme, würde ich meine Abschlussarbeit so nennen. Die würde ganz ohne Sekundärliteratur auskommen, eine rein empirische Untersuchung. Vielleicht statistisch gesehen ein bisschen dünn, aber als Einzelstudie durchaus seriös.

Während wir auf der Bahnfahrt noch Belanglosigkeiten ausgetauscht hatten, waren wir dann nach wenigen Gehminuten ganz und gar verstummt. Die Stille war mir zunächst absolut erschienen, aber dann war das Knirschen in meinem Kiefer mit dem der Stiefel im Sand, mit dem Ächzen der schneebeschwerten Baumkronen, dem Krachen der Füchse im Gehölz, mit dem Brüllen des Bluts in den Ohren und schließlich dem dumpfen Stöhnen der sich unendlich drehenden Erdachse verschmolzen. Bis der Krach so ungeheuerlich war, dass ich hätte schreien müssen, wenn ich mich hätte verständigen wollen. Nach der letzten Stunde hatte es stark und immer stärker zu schneien begonnen, und das Laufen und der Schnee, der Schnee und das Laufen hatten den furchtbaren Lärm im Kopf immer mehr zugedeckt, bis er schließlich verstummte. Alles war vom Gestöber bedeckt gewesen, auch meine Wimpern, von hinten sah ich Haukes weißüberzogene Gestalt von einem weißen Strahlenkranz umgeben, und dann war die Kälte in mich eingezogen. Noch heute konnte ich den Schmerz fühlen, der sich meiner bemächtigte, als meine Zehen langsam anfingen abzusterben. Wir hatten ja nichts Richtiges gefrühstückt, der Kaffee war lange her, Potsdam noch ein paar Kilometer entfernt, nicht viele, im Sommer ein Kinderspaziergang, aber in diesem Winter vor zwei Jahren weit entfernt, zumindest zu weit für mich. Irgendwann war ich einfach stehen geblieben. Schneetreiben über mir, um mich herum. Totale Einsamkeit, brausende Stille. Und dann, ja dann; wie dies beschreiben? Ein plötzliches Gefühl von Erleichterung, als die Silhouette des Mannes, mit dem ich doch eigentlich hätte verbunden sein sollen, sich im Flockenmeer auflöste. Ich hätte ja einen Schlaganfall haben oder von einem Herzinfarkt dahingerafft werden können, doch Hauke hatte sich nicht umgedreht. So wie ich stur stehen geblieben war, war er einfach den verschlungenen Pfad am Ufer weitergelaufen. Doch anstatt wütend zu sein oder traurig oder verzweifelt, hatte ich bei seinem Verschwinden nur Erleichterung gespürt. Ja, dieses Aufatmen, das mich überkommen hatte, dort im Winterwald, das hatte mich damals härter getroffen, als jede Panik, jede Trostlosigkeit mich je hätte treffen können.

Vielleicht hatte Hauke in diesem Moment genau das gleiche Gefühl von Erleichterung verspürt wie ich, ich wusste es nicht. Nach wenigen Metern war er ganz aus meinem Blickfeld verschwunden gewesen und ich hatte weiter im Wald herumgestanden, still und stumm wie das buchstäbliche Männlein, und mich nicht gerührt. Die taube Kälte meiner Füße war langsam die Waden und Schienbeine hochgekrochen, der Schnee hatte sich über meine Brauen und Wimpern gelegt, und langsam war der Schmerz aus meinen Gliedern gewichen, und eine schwere, aber heitere Müdigkeit hatte sich ausgebreitet. Ja, und dann hatte ich das Christkind gesehen. Es war nur einen winzigen Moment sichtbar gewesen, als ein goldener Schatten war es von einer Baumkrone hinabgestiegen, hatte sich vor mich hingestellt und gelacht. Nicht gelächelt oder mit brennenden Dornbüschen jongliert, nein, gelacht. Und sein Lachen hatte geklungen, als würden gläserne Tautropfen über ein Xylofon rollen, so perlend und hell und irgendwie außerirdisch. Und da hatte ich dann gewusst, dass es Zeit war, nach Hause zu gehen. Und mir war auch klar geworden, dass ich mir dieses Zuhause erst noch schaffen musste, und dass der Mann, der eben verschwunden war, auf eine gewisse Weise für immer verschwunden bleiben würde. Und genauso war es dann gewesen. Obwohl wir uns noch am selben Abend, als ich eine Stunde später als Hauke in die Wohnung zurückgekehrt war, beinahe mit den selben Worten beieinander entschuldigt hatten; obwohl wir uns dann nach ein paar Bierchen doch noch unsere Buch- und Alkoholgeschenke gegeben hatten; obwohl wir danach noch fast zwei Jahre zusammen im Wedding gewohnt hatten; trotz alledem war Hauke seit jenem Nachmittag im Wald verschwunden geblieben.

Und als ich aus meinen Gedanken auftauchte und der Wald sich auflöste und ich wieder in der Küche stand, da dachte ich, dass ich vielleicht nun, hier in dieser Küche mit dem polnisch geschmückten Weihnachtsbaum im Bierkasten, das erste Mal, seit ich bei meinen Eltern ausgezogen war, wieder ein Zuhause hatte. Oder besser gesagt ein *thuis*, was ganz und gar nicht dasselbe war, natürlich, aber vielleicht gerade eben deshalb ausreichend. Und tröstlich. Und so winkte ich der alten Dame am Fenster zu und summte den 2891. Popsong aus dem Radio mit, während ich dem Jesuskind sein beschuit met muisjes buk und die halb aufgetaute Entenbrust in den Ofen schob. Ich würde heute ein Fest feiern, das war sicher.

Als die Ente knusprig vor sich hin tropfte, öffnete ich eine Flasche St. Martinus Gris de Villare 2013, um den geflügelten Freund mit Wein zu begießen, dabei probierte ich natürlich auch einen kleinen Schluck, denn von heute an hatte ich schließlich mein Leben wieder im Griff. Um 16 Uhr begann es bereits zu dunkeln. In den Häusern gegenüber wurden die Lichter angezündet, Weihnachtsbaumlichter und Kerzen, manchmal auch Teile der Dekoration warfen ihren warmen Fackelschein in den Hof, und um halb fünf hatte ich die Ente verspeist und den Pullover ausgepackt. Als ich gerade den Kuchen anschneiden wollte, läutete es an der Tür. Es war die alte Dame von gegenüber, die mir gefüllten Lebkuchen unter die Nase hielt. Ich wusste nicht, was ich sagen sollte, deshalb biss ich so herzhaft hinein, dass mir das Marzipan den ganzen Mund verklebte, und als ich sie mir endlich zurechtgelegt hatte, meine holprigen Dankesworte, da war die Gute schon wieder auf und davon. Aus dem Küchenradio drang nun Madonnas *Like a prayer*, und ich war mit meinem Weihnachtsprogramm für heute fertig.

Thijs III

Im Nachhinein denke ich oft, dass mein Leben nach Hauke an diesem Weihnachtsabend angefangen hat. Natürlich kann das reine Fiktion sein, neigen wir Menschen, wie ein nicht sonderlich berühmter, aber hellsichtiger Psychologe festgestellt hat, doch ganz grundsätzlich dazu, unser Leben als eine Geschichte zu begreifen. Ganz egal, welche Fakten zugrunde liegen, liegt es durchaus an uns selbst, ob wir uns und anderen unsere Geschichte als ein Szenario des Leidens oder als rosarotes Märchen bestückt mit den edelmütigsten Protagonisten erzählen. Letztlich ist es nämlich laut dieses Ansatzes vor allem unser eigener Geist, der all die verstreuten Erlebnisse, all die Begebenheiten und unendlichen Gedanken, die so ein Leben in sich versammelt, mit einem roten Faden durchzieht, zeitlich ordnet und in einen sinnvollen Zusammenhang bringt. Von sich aus wäre dieses Dasein nämlich nichts weiter als eine Ansammlung verstreuter Szenen und Fragmente. Man denke dabei vielleicht an einen Künstler, der große Mengen an Videomaterial sammelt, um es hinterher so zu schneiden, dass etwas Sinnvolles dabei herauskommt. Was genau das dann ist, das entscheidet der Künstler selbst.

Wenn ich also so lapidar schreibe, dass mein Leben an diesem Weihnachtsabend eine entscheidende Wendung genommen hat, dann könnte der Grund dafür sein, dass ich heute, im Nachhinein, beschlossen habe, es so sehen zu wollen. Ich könnte wahrscheinlich genauso gut behaupten, die entscheidende Wendung sei der Weggang aus Berlin gewesen. Stattdessen aber habe ich meinen Weggang aus Berlin schlicht als Flucht bezeichnet und dadurch einen heroischen Akt mir nichts dir nichts, sozusagen mit einem Klick, in einen feigen Akt konvertiert, der nicht viel mit einer Entscheidung zu tun hatte.

Hatte die Psychologie also recht, und es kam gar nicht auf die tatsächlichen Erlebnisse im Leben an, sondern nur darauf, was man daraus machte? So wie den Stoikern alles Äußerliche nichts galt, zumindest als nichts, das von wirklichem Wert war? Es hatte schließlich immer schon Leute gegeben, die darauf beharrten, dass unsere Erlebnisse und Widerfahrnisse nur äußerliche Einflüsse seien, die nicht darüber zu entscheiden vermochten, ob wir ein glückliches oder ein unglückliches Leben führten. Dass die Dinge von außen nicht wichtig sein sollten, sondern unsere innere Einstellung zu ihnen, kam mir jedoch nur in begrenztem Maße richtig vor. Es ließ sich nämlich einwenden, dass es schon auch ein bisschen auf die Qualität des gesammelten Materials ankam, also auf die Qualität der Erfahrungen selbst, die der Mensch gemacht hatte, damit unser Film ein guter und schöner werden konnte, sonst

hieße das ja *aus Scheiße Gold zu machen*, wie ein un-
schönes deutsches Sprichwort lautete.

Dass ich nun im Nachhinein meine eigene Geschichte ab besagtem Weihnachtsabend als eine andere
erzähle, ist keine reine Erfindung, kein Wahn oder
Schönfärberei, sondern hat etwas damit zu tun, dass ich
seither wieder so etwas wie Mut gefasst habe und dass
dieser Mut nicht einfach aus dem Nichts in mir entstanden ist. Es ist vielmehr einer, der aufblühte angesichts meiner neuen Umgebung, die die schwarze Galle,
die mein Gemüt jahrelang dunkel eingefärbt hatte, mit
ihrer Freundlichkeit aufhellte. Somit war diese Um-
dichtung eigentlich gar keine Neuerzählung im stren-
gen Sinne, sondern eher ein Akt der Übersetzung gewesen, ein Übersetzen von der einen Kultur in eine andere,
so wie man mit einem Boot vom einen an das andere
Ufer übersetzt. Und dieser Akt hatte zu einer minimalen Verschiebung des Wertesystems geführt, die extrem
weitreichende Konsequenzen hatte.

So hatte ich zum Beispiel gleich am ersten Weihnachts-
tag Thjis angerufen. Und als wir dann etwas später im
Dezemberlicht an der prächtig beleuchteten Oudegracht spazieren gegangen waren, hatte er mir die Geschichte von Rodin erzählt. Also, eigentlich war es gar
nicht die Geschichte von Rodin selbst, sondern die
Geschichte eines Freunds von Thjis, die sich während
einer Rodin-Ausstellung im Museum von Groningen
zugetragen hatte.

Dieser Freund also, hatte Thijs angehoben, habe sich einmal während einer Ausstellung, es handelte sich um eine prächtige Sammlung von Rodins Skulpturen, also um einen Haufen Köpfe, Torsi, Hände und Füße und sonstiger Körperteile, die Rodin selbst als *abattis* bezeichnet habe, aber es seien auch ein paar vollständige Gestalten dabei gewesen, wie eine der wenigen monumentalen Figuren, die des Denkers, der groß und schwer und gedankenverloren auf irgendwas gesessen habe, den steinernen Kopf in die Hand gestützt ... Also nicht nur aus Stein seien die Skulpturen gewesen, sondern aus vielen verschiedenen Materialien, aus Gips auch, und Ton, aus Marmor gar ... Na ja, jedenfalls habe es sich bei dieser Ausstellung zugetragen.

Was?, hatte ich Thijs gefragt, was sich denn bei der Rodin-Ausstellung in Groningen zugetragen habe?

Nun, sein Freund sei also in dieser Ausstellung gewesen, weil er sich ganz besonders für Körperteile interessiere, dass sei naturbedingt, denn der Freund sei selbst ein Aktzeichner erster Güte. Und gerade als dieser vor der *Huilenden vrouw* gestanden habe, einem wirklich wundervoll gestalteten Kopf einer ganz offensichtlich unglücklichen Dame, da habe er plötzlich direkt neben diesem wundervollen Kopf einen noch viel wundervolleren entdeckt, so wundervoll sei dieser Kopf gewesen, dass er seinen Blick gar nicht mehr von diesem habe abwenden können, sondern in ein furchtbares und ihm selbst unangenehmes Starren verfallen sei, das bei der Angestarrten auch bald zu Irritationen geführt habe. Er habe sich dann überlegt, dass es vielleicht besser sei, sich vom Starren aufs Sprechen zu verlegen, da er den Eindruck vermeiden wollte, es handele sich bei seiner Person um das, was man gemeinhin einen gewöhnlichen Spanner nannte. Das Problem sei nur gewesen, dass es in der Ausstellung unglaublich voll gewesen sei, fast so voll wie bei der Ausstellung zu David Bowie ein paar Wochen vorher, kurz nachdem dessen Tod die sozialen Netzwerke überschwemmt hatte, oder sagen wir lieber, bevor die sozialen Netzwerke seinen Tod überschwemmt hatten. Und der Freund habe es ziemlich schräg gefunden, dass zwei so unterschiedliche Persönlichkeiten wie Rodin und Bowie es gleichermaßen vermocht hatten, das Museum in Groningen beinahe zum Bersten zu bringen.

Verstehst du, hatte Thijs mich mit zur Seite gelegtem Kopf gefragt, wobei ihm ein paar seiner cranachbraunen Locken in das protestantische und doch jugendliche Gesicht gerutscht waren, Locken, die ich ihm gerne hinter die Ohren gestrichen hätte, wie ich feststellte.

Was soll ich verstehen?, hatte ich zurückgegeben, und Thijs hatte geseufzt und mit fuchtelnden Händen die aussichtslose Lage des unsterblich verliebten Freundes erklärt:

Wie der Freund also in dem vollgestopften Museum bei der *Huilenden vrouw* gestanden habe, direkt daneben die wunderbarste nicht heulende Frau Hollands, ja Hollands, nicht der Welt, nicht mal der Niederlande, sondern Hollands, was, wie Thijs bekräftigte, für den Freund noch einen zusätzlichen Ausschlag gegeben habe. Jetzt oder nie, habe der Freund gedacht und versucht, sich gegen die Unmöglichkeit der Situation durchzusetzen. Doch das habe sich als nicht einfach herausgestellt. Da sei zunächst die enorme Rentnerreisegruppe gewesen, die sich als Pulk um die *Huilende vrouw* geschlossen und dann auf dem Weg zur nächsten Station die junge Holländerin in ihrem Schwarm mitgerissen habe. Es habe sich bei dieser folgenden Station um die Figur irgendeines armen kopulierenden Paares gehandelt, das ans Höllentor genagelt werden sollte, wie die meisten seiner Figuren, Rodin zufolge, wohl ans Höllentor gehörten, was Thijs' Freund unheimlich gefunden habe, und dieses ausgezogene Paar habe beileibe nicht nur die Rentner, sondern auch viele andere Menschen in dem Museum angezogen. Vielleicht sei ja Rodin letztendlich in dieser Hinsicht, also was das Explizite angehe, der weitaus spannendere Künstler gewesen. Also spannender als David Bowie, der, soweit Thijs wisse, keine kopulierenden Paare abgebildet habe. Eher bunte Dosen mit amerikanischem Hundefutter drin.

Nein, nein, protestierte ich, weil ich mich aufgrund eines freilich sehr, sehr rudimentären Kunstgeschichtsstudiums mit Pop-Art ein kleines bisschen auskannte, das ist doch nicht David Bowie, sondern Andy Warhol gewesen, und das war auch kein Hundefutter, das waren Suppendosen oder so was!

Ach ja, hatte Thijs gesagt, stimmt ja. Nun ja, wie dem auch wäre, der Freund habe die holländische Schönheit dann jedenfalls buchstäblich am Rockzipfel packen müssen, denn just habe ein lesbisches Paar sie für sich entdeckt und abschleppen wollen, zumindest habe das Paar unverhohlen zu ihr hingeschielt. Es sei unglaublich laut gewesen in dem museum, da viele Menschen sich die Beschreibungen der einzelnen Skulpturen aus dem Begleitheft, vor den Skulpturen stehend, laut vorgelesen hätten, und der Freund habe sich die ganze Zeit mit allen Mitteln und unter Aufbietung all seiner Kräfte darum bemüht, seiner großen Liebe in dem ganzen Tohuwabohu so gut wie möglich zu imponieren. Was mehr als *moeilijk* gewesen sei. Und bei mir dachte ich, dass ich das Wort *moeilijk* mochte, weil es genauso geschrieben wurde wie das, was es hieß, nämlich schwierig.

Der Freund, fuhr Thijs fort, habe die Frau dann einfach eine Weile lang von Torso zu Fuß, von Hand zu Kopf, von badender Frau zu badender Frau verfolgt und ihr immer wieder seinen Namen zugeflüstert, so durch die geschlossenen Lippen, damit es nicht zu aufdringlich würde. Wobei sie wohl jedes Mal ganz unauffällig, ganz freundlich-skeptisch zu ihm herübergelächelt habe, während er wie der Terminator höchstpersönlich ununterbrochen zu allen Seiten die Rollatoren habe abwehren müssen, die sich ihm in unerschütterlicher Langsamkeit in den Weg schoben, obwohl er doch nur dieses winzige und immer winziger werdende Zeitfenster zur

Verfügung hatte, um sein Schicksal sich erfüllen zu lassen.

Um Gottes Willen, Thijs, hatte ich gesagt, mir wird ganz schlecht vor Aufregung, denn mir war wirklich ganz schlecht, wie ist es denn dann bloß weitergegangen?

Nun, hatte Thijs gesagt und protestantisch gelächelt, er hat ihr schließlich ein geheimes Versprechen entlocken können.

Ein geheimes Versprechen?, hatte ich gestutzt, also ein Versprechen, von dem außer den beiden niemand wissen durfte?

Nein, hatte Thijs gesagt, das Versprechen war eher deshalb geheim, weil es ein unausgesprochenes Versprechen war. Eines, das nur durch die Augen gegeben wurde.

Aha, wandte ich vorsichtig ein.

Aha!, bestätigte Thijs: Er habe ihr also, kurz bevor eine Welle weißer Löckchen sie tief in die stürmische See des Groninger museums mitgerissen habe, nur mit seinen Augen das Versprechen abgerungen, dass sie wiederkehren würde, zurückkommen zu diesem Ort, zurück zur *Huilenden vrouw* des Rodin.

Nun ..., wiegelte ich ab.

Nun!, bekräftigte Thijs.

Wir schwiegen dann eine Weile.

Und, ist sie wiedergekommen?, hatte ich vorsichtig gefragt. Quatsch, hatte Thijs geantwortet, natürlich nicht. Aber mein lieber Freund hat daraufhin jeden einzelnen Tag in der Rodin-Ausstellung verbracht, vier Wochen lang, und zwar von morgens bis abends. Das hat ihn ziemlich viel Eintrittsgeld gekostet. Ja, er konnte von Glück reden, dass die Ausstellung zu diesem Zeitpunkt schon fast zwei Monate lief, sonst hätte er noch einen Kredit aufnehmen müssen.

Hmm, hatte ich geschluchzt.

Hmm, hatte Thijs mich getröstet. Und dann hatten wir uns aus Versehen geküsst. Eher freundschaftlich, weil uns die Geschichte beide so mitgenommen hatte. Ich weiß auch nicht, warum mir diese Episode gerade jetzt einfällt.

Politiek

Vielleicht weil ich seit Tagen den Frühling riechen kann. Heute Morgen waren es um *half over 11 uur* bereits 11 Grad. Natürlich gibt es nachts noch immer Frost, und natürlich wird es noch etwas dauern, bis irgendwo an irgendeinem glücklichen Baum das erste Blatt sprießen wird, aber nun, da auch die zweite Hälfte des Februars beinahe überwunden ist, hat sich etwas in der Stadt verändert. Und zum ersten Mal fühle ich eine starke Ähnlichkeit zwischen Utrecht und Berlin, denn auch dort hatte ich den Vorfrühling an zwei Dingen erkannt: an seinem Geruch und an den Gesichtern meiner Mitmenschen. Die Gesichtszüge werden Ende Februar weicher, so als würden irgendwo die Eiskrusten aufbrechen, und hier und da erhascht man ein gedankenlos in die Landschaft geworfenes Lächeln. Vorfreude ist das, glaube ich, Vorfreude auf etwas, das man sich ausnahmsweise nicht einfach mal eben so selbst erfüllen kann. Ich kann ja nicht in irgendeinen winkel gehen und mir den Frühling kaufen wie das iPhone 12. Natürlich, es gibt wohl Leute, die genau das versuchen, indem sie dem Winter zu entfliehen trachten, wie es so schön heißt, und sich im Januar unter den Palmen der anderen, sonnenüberfluteten Hälfte der Welt aalen. Diese Leute bringen sich meiner Ansicht nach, ohne es zu ahnen, um die schönste Zeit des Jahres. Denn wenn sie dann braun gebrannt wiederkommen, sehen sie es als ihr gutes Recht an, wochen- wenn nicht monatelang über das miese, europäische Wetter zu lamentieren. Klar, dass sie die kleinen Veränderungen der Umgebung, all die winzigen Vorboten des nahenden Frühlings einfach übersehen.

Manchmal frage ich mich, was in diesen überall präsenten Achtsamkeitsseminaren eigentlich angeboten wird. Muss man dort wirklich wochenlang nichts anderes tun, als zu beschreiben, wie Rosinen schmecken? Ich würde jedenfalls jedem empfehlen, mit der Achtsamkeit beim Vorfrühling anzufangen. Zum Beispiel bei den allerersten, meist noch kleinen Grüppchen optimistischer Zugvögel, die es nicht abwarten können, nach langem Urlaub wieder nach Hause zu kommen. Oder fliehen manche gar vor der heimatlichen Hitze in kühlere Regionen? Ich weiß es nicht. Für mich sind sie die Boten, die verschiedene Teile der Welt miteinander verbinden, beispielsweise Deutschland und die Länder Zentralafrikas. Und das ist meines Erachtens die einzig gute real existierende Form von Globalisierung. Besser jedenfalls als das kleine Schild mit dem Wort *Bangladesch* in der H&M-Schlafanzughose. Irgendwo habe ich mal von einem 2007 durch einen Minisender wissenschaftlich dokumentierten Flug einer Pfuhlschnepfe gelesen, der zeigt, dass das 300 Gramm leichte Tierchen von Alaska aus den Pazifik überquerte und dann ohne Pause bis Neuseeland flog. Das waren insgesamt 11 500 Kilometer, nicht schlecht für eine zehntägige Reise.

Ein anderer Vorbote des Frühlings ist, wie gesagt, sein Geruch. Kein schwerer Gestank von Blüten, nein, viel subtiler. Ich kann vielleicht am besten anhand einer sehr frühen Erinnerung aus meiner Kindheit beschreiben, was ich meine. Da gab es mal die Situation, in der eine meiner besten Freundinnen, ein Zwillingsmädchen, auf die Frage, wonach ich eigentlich riechen würde, nach ausführlichem Schnuppern an mir und darauf folgendem ernsthaftem Räsonieren, antwortete, ich röche gut, nämlich nach Wasser.

Heute gehen Thijs und ich mal wieder spazieren. Überall hängen Plakate, *Partij van de Arbeid*, *PVV*, *Partij voor de Dieren*, *GroenLinks*, *VVD*, *CDA*, *Socialistische Partij* ... So um die 50 sind's, und wie sie nicht alle heißen. *Lokaal in de Kamer* zum Beispiel. Ich frage mich ja ernstlich, was die wohl machen? Innenausstattung? Oder ist das die ständige Kneipenvertretung? Da hätte ich noch vor wenigen Wochen in meinem dagboek Seite um Seite füllen können, und nun frage ich eben Thijs. Weil ich ja seit Weihnachten so viel anderes um die Ohren habe. Spazieren gehen zum Beispiel. Ich muss seufzen. In zwei Tagen sind Wahlen, und ich darf nicht hin. Das fühlt sich wirklich komisch an.

So als wäre da eine riesige Party geplant und ich bin

nicht eingeladen, sage ich zu Thijs und finde es ungerecht, denn hier offenbart sich eine ganz augenscheinliche Trennung zwischen mir und dem Land, in dem ich lebe; eine Trennung, gegen die ich aufgrund ihres unumstößlichen, formalistischen Charakters machtlos bin. Da hilft kein Sprachkurs, keine neue Liebe, auch nicht die Tatsache, dass ich heute Morgen endlich die Bestätigung meiner zorgverzekering im Briefkasten gefunden habe und nun Fahrradunfälle bauen darf, wann immer und so viele ich will, ohne im Krankenhaus arm zu werden.

Vor ein paar Tagen habe ich so eine Doku über Geert Wilders gesehen, sage ich zu Thijs, der daraufhin ein Gesicht zieht, als wolle er diesen am liebsten mit all seinen Thesen an die Kirchentür nageln.

In gewisser Weise finde ich den am Allerschlimmsten, stimme ich seinem Gesichtsausdruck zu, also von allen möglichen Varianten der Rechtsorientierung, die es momentan so gibt.

Und weil Thijs keine Einwände erhebt, sondern freundlich-lutheranisch zu mir hinabblickt, lege ich ihm kurzerhand mein Weltbild dar, weil er eben ein Mensch ist, bei dem man das unbeschadet tun kann:

Es gibt nämlich dumme Rechte und schlaue Rechte, hebe ich an, außerdem gibt es liberale Rechte und doktrinäre Rechte, des Weiteren lassen sich relativ gut aussehende und weniger gut aussehende Rechte unterscheiden; außerdem solche, die reden können und solche, die nicht reden können. Liste unvollständig, gebe ich zu und fahre fort, bevor er mich unterbrechen kann, was er wahrscheinlich gar nicht vorhat: Tja, und Geert Wilders vereinigt meiner Ansicht nach in seiner Person aus diesen Möglichkeiten die schlechtestmögliche Kombination.

Ich behalte meine Stimme oben, die Stimme abzusenken bedeutet, Einwände zu- und andere Menschen zu Wort kommen zu lassen, etwas, das kein Politiker jemals freiwillig geschehen ließe. Und schließlich schwinge ich mich hier gerade zu so einer Art politischem Statement auf, das will auch rhetorisch durchgezogen sein.

Er ist nämlich einigermaßen schlau, weißt du, doziere ich weiter, dazu im unguten Sinne liberal, außerdem vergleichsweise gut aussehend – natürlich nur, wenn man zum Beispiel auf Typen wie Heino steht –, und er kann reden. Und somit trägt er im Grunde von jedem Eigenschaftspaar die bessere Hälfte in sich, was es aber eben gerade noch viel schlimmer macht.

Ich senke die Stimme und gebe Thijs nun eine Chance zu intervenieren, ist ja langweilig, so mit sich allein Konversation zu machen.

Hmm, sagt Thijs, erklär mal!

Na ist doch klar!, rufe ich und freue mich, dass er nicht nur gute Vorträge halten kann, wie den über die relatieverslaving, sondern auch ein prima Zuhörer ist. Einen strohdummen, doktrinären, hässlichen, verbal verstümmelten Glatzkopf, der in Pitbull-Shorts und mit einem Baseballschläger bewaffnet auf einem Hügel steht, den nimmt doch keiner ernst! Den Geert Wilders aber schon! Und damit gehört er zum gleichen Phänomen wie Frauke Petry. Okay, ich gebe zu, Donald Trump ist noch mal eine andere Geschichte ... Geert Wilders' einziger, wirklich einziger Vorteil ist jedenfalls, dass er kein Deutscher ist, schiebe ich nach, was Thijs netterweise zum Lachen bringt.

Und dann denke ich an dieses eine Foto aus der Dokumentation, auf dem zu sehen ist, wie Wilders als junger Mann, mit dunkler Haartracht, die ihm wohl von seiner indonesischen Mama in die Wiege gelegt wurde, aus einem wunderschön blühenden Garten irgendeiner israelischen Siedlung, beinahe proletarisch aussehend, in jedem Falle aber freundlich-jungenhaft in die Kamera grinst. Und wenn ich könnte, wenn es nicht so verdammt kompliziert wäre, dann würde ich Thijs jetzt gerne auch noch erzählen, warum mich gerade dieses Foto so mitgenommen hat. Und dass mich vor allem Wilders' Verbindung zu Israel so irritiert, weil sie nämlich mein Weltbild, mein Geschichtsbild, das natürlich ein durch Deutschland geprägtes Geschichtsbild ist, durcheinanderbringt. Weil ich nicht begreife, wie man sich als ausgewiesener und bekennender Fremdenfeind zugleich auch als Verbündeter Israels fühlen kann, also als Verbündeter eines Staates, der ja ursprünglich selbst als Ort für jene, die im eigenen Land als Fremde wahrgenommen wurden, nämlich die aus Deutschland und Europa vertriebenen Juden, gedacht war. Aber dann müsste ich in meinen Ausführungen natürlich auch noch die Situation der Palästinenser miteinbeziehen, was die Lage nochmals furchtbar verkompliziert, wenn man bedenkt, dass sich Wilders' Hass vor allem auf Araber konzentriert. Ist Wilders also eigentlich ein Zionist, ein verkappter Theodor Herzl in Platinblond? Schwierig, denn es ist ja wiederum auch noch mal etwas anderes, ob man ein eigenes Land für sein Volk will, wie Herzl es wollte, oder ein Land gegen sein Volk richtet, zumindest gegen den arabischen Teil dieses Volks, wie Wilders. Doch ist letzten Endes nicht das Nationale und Völkische an beiden Konstruktionen, der herzlschen wie auch der wildersschen, das eigentliche Problem? Und so ist denn meine ureigene Reaktion in solchen Diskussionen, selbst wenn ich sie nur mit mir selbst führe, meist die, mich letztlich auf mein persönliches, radikalpazifistisches, antinational-sozialstaatliches, antikapitalistisch-fortschrittliches, emanzipatorisch-inklusives Weltbild zurückzuziehen, was ich Thijs irgendwann einmal erklären werde, aber nicht heute, nicht jetzt. Wir sind heute nämlich auf dem Weg zur besten Eisdiele der Stadt, und ein paar verwirrte Japanische Kirschen blühen auch schon.

Lente

Rokjesdag

Es ist rokjesdag, ein Tag, der nichts mit Rockmusik, dafür aber mit einem sehr beliebten Kleidungsstück für Frauen zu tun hat, und ich habe mir überlegt, dass das ein wahrhaft guter Tag sein könnte, um Thijs einmal zu fragen, was er eigentlich so davon hält. Also von uns. Was er von relatieverslaving hält, weiß ich ja schon, gar nichts nämlich. Aber was, wenn man die verslaving einmal weglässt? Ist das, was wir hier seit ein paar Wochen miteinander erleben, in seinen Augen schon eine relatie, oder nur ein kurzes Intermezzo? Der Reiz, es mal mit einer *erfahrenen Frau* zu tun zu haben? Das reizt wiederum meine Lachmuskeln, fühle ich mich doch seit Weihnachten eher wie die Hauptdarstellerin der holländischen Variante eines zwanzig Jahre zu spät angesetzten Coming-of-Age-Films. Mit Überlegenheit hat das Ganze von meiner Seite aus jedenfalls nicht viel zu tun.

Gestern zum Beispiel sind wir zusammen Sprinter gefahren. Das sind hier keine rasenden ICE wie in Deutschland, sondern ganz normale Züge, eine Art schicke blaue S-Bahnen ohne Klo, die zusammen mit den IC einen Großteil des hiesigen Reise- und Berufsverkehrs stemmen. In so einem Zug haben wir gehockt, Thijs und ich, und während er mir von seinem *nieuw project* erzählte, er wolle nach dem Master in Theologie noch eine Ausbildung zum Landwirt machen, damit er den Halt, den *grond onder zijn voeten*, nicht verlöre, habe ich die ganze Zeit auf seinen kilometerlangen Oberschenkel starren müssen, der muskulös und sehnig war. Meiner daneben war wesentlich kompakter. Unser beider Knie, sein linkes und mein rechtes, pappten am Rücken des Vordersitzes, und mein Fuß, so bemerkte ich, baumelte irgendwo auf Höhe seiner Wade, als wäre ich ein Kind, dabei war ich doch, zumindest in meinem eigenen Land, stets mittelgroß gewesen. Seit ich hier gestrandet bin, fühlte ich mich ein wenig wie Alice im Wunderland. Alles um mich herum ist ein Stück gewachsen, oder besser gesagt: Ich bin geschrumpft. Neben Thijs, dem wesentlich Jüngeren, dem Energiegeladenen, fühle ich mich klein, was eine neue Erfahrung ist. Neben Hauke hatte ich mich nie klein gefühlt. Wie hatte ich mich dann gefühlt? Es fiel mir nicht mehr ein.

Thijs' langes Bein ist gestern in einem im Grunde unmöglichen Turnschuh geendet, groß wie ein Boot, möglicherweise einst weiß aus der Fabrik gekommen, nun nur noch ein Schatten der Idee seines Erbauers. Dieser Fuß, obwohl kein bisschen riechend, hat mich irgendwie an die Atmosphäre in der Umkleidekabine der Sporthalle meiner Grundschule erinnert. Ich hätte den Schuh nehmen und im Groninger museum an die

Wand nageln mögen, sobald sie all die Rodins wieder verschifft hatten. Er war mindestens so aussagekräftig wie van Goghs Bauernschuh im Feld, ein wahres objet trouvé, Readymade, Kind seiner Zeit. Und so habe ich also gestern neben Thijs im Sprinter gesessen, und irgendwo zwischen Gouda und Rotterdam beschlossen, ihn morgen, was heute ist, ganz unverfänglich zu unserer Sache zu befragen. In einem Tonfall, so habe ich gedacht, wie ihn diese Kommissarin aus dem Frankfurter Tatort pflegt, die mit den blonden Locken, die immer so verdammt natürlich klingt. Warum sie so klingt, wie sie klingt, das habe ich erst vor Kurzem herausgefunden. In dem Tatort sind nämlich laut Zeitung die meisten Dialoge improvisiert. Und weil die Kommissarin das augenscheinlich nicht so gut kann, also das mit dem Improvisieren, deshalb klingen alle Worte aus ihrem Mund noch einmal auf besondere Weise ungekünstelt und überzeugend. So als müsse sie sich wirklich ständig überlegen, was sie gerade sagen wolle, und habe sich vorher nicht das Geringste zurechtgelegt. Und so will ich also ebenfalls klingen.

Den rokjesdag habe ich ausgewählt, weil da alle Niederländerinnen *een korte rok dragen*, und zwar *op bloote benen*, also nacktbeinig, kein Schmu mit Strumpfhosen oder Leggings drunter und so. Das passiert hier wohl jedes Jahr am ersten richtig schönen, richtig warmen Tag im Jahr. Leider weiß ich eigentlich gar nicht so genau, wann rokjesdag ist, was also wohl für die Menschen hier als ein wirklich warmer Tag gilt, doch für heute sind in der Sonne beinahe 20 Grad angekündigt, und das sollte doch wohl reichen, habe ich mir gedacht. Warum ausgerechnet der rokjesdag ein guter Tag für eine unverfängliche Vernehmung sein könnte, liegt auf der Hand. Wenn nämlich der gute Mann, Thijs meine ich, den ganzen Tag die hier üblichen 2,50 Meter großen niederländischen Gazellen in ihren wenige Millimeter kurzen rokjes über den endlos langen blooten benen herumflanieren sieht, so mein Gedanke, würde ihm die Diskrepanz seines gewohnten Schönheitsideals zu meiner deutschen Kneipenhübschheit stärker zu Bewusstsein kommen als bisher. Der Junge war ja sonst immer zu sehr in Gedanken, zu sehr mitten im Gespräch. Das würde am rokjesdag sicher anders sein. Und das wiederum würde uns eine gute Grundlage für eine freundliche, aber auch realistische Diskussion unserer Situation bieten. Irgendwas über Alter und Lebensplanung wahrscheinlich, was weiß denn ich, jedenfalls mussten wir dringend Klarheit schaffen und vor allem eines: realistisch bleiben.

Als ich vor die Haustür trete, sehe ich gerade noch einen schmalen Rücken um die Hauswand verschwinden. Ein weiß-braun gefleckter Hund trottet hinterdrein, ein Basset, dessen Ohren buchstäblich auf dem Boden schleifen und der mich mit blutunterlaufenen Augen treuherzig anschaut. Und ich denke, dass es schade ist, dass das Wort *Treueherz* von der Supermarktindustrie eingeheimst wurde. Dieser Hund dort hätte es mit Sicherheit eher verdient. Draußen ist es frisch. Mein Haar, noch nass von der morgendlichen Dusche, dampft sogar ein bisschen. Vielleicht hätte ich mir doch eine Mütze einstecken sollen, denke ich, aber, ach was. Es ist Ende März – und es ist rokjesdag! Komischerweise begegnet mir auf der ganzen Fietsfahrt ins centrum keine einzige Frau mit rokje. Nicht eine. Der Wind pfeift aber auch energischer, als ich es während meiner morgendlichen Arie unter der warmen Dusche hätte erahnen können. Habe ich mich vielleicht geirrt? Ist vielleicht heute noch gar nicht rokjesdag? In meinem blauen, höchstens knielangen Rock, durch den der Märzwind meine noch winterweißen Beine kitzelt, komme ich bibbernd an der Oudegracht an. Thijs steht schon da, im warmen Mantel, und schaut mich besorgt, aber auch interessiert an. Ob mir nicht kalt sei, will er wissen, und ich habe den Eindruck, dass ihm meine nackten Beine irgendwie gefallen. Ich schüttele mit großem Nachdruck den Kopf, während mir ein Niesen entfährt.

Wir gehen dann doch erst mal bei ihm zu Hause vorbei, weil ich mich aufwärmen muss. Seine Wohnung ist klein, aber schön. Eigentlich ist es nur ein Raum mit einem riesigen Fenster zur Straße, durch das man den ganzen Tag urbane Szenen beobachten kann, wenn man will. Beinahe passierende Unfälle, fleißige Postboten, die Müllabfuhr, sogar ein Zipfelchen vom Marktplatz kann man erhaschen. Und irgendwas ist schiefgegangen mit meinem Plan, denn an diesem Tag, der als mein ganz persönlicher rokjesdag in die Geschichte meines dagboeks eingehen wird, schlafen wir das erste Mal miteinander. Es passiert, wie eigentlich alles in unserer Freundschaft, mehr so nebenbei. Also, ohne dass man sich anstrengen oder schämen müsste. Irgendwie natürlich fühlt es sich an, so als wäre es lächerlich, es nicht zu tun.

Später hat Thijs seine Hand auf meinem nun warmen Bauch liegen, und wir trinken weißen thee aus ostfriesischen Tassen. Im Radio läuft eine Sendung über Magritte. Die Surrealisten. Surrealistisch ist das hier in gewisser Weise auch. Der rote Vorhang vor dem Fenster, ein Stück blauer Himmel mit feinen weißen Wolken. Fehlt nur noch eine Tabakpfeife oder ein Fisch mit Hut. Und als der Moderator dann von Renés und Georgettes Hundenarretei erzählt, die sie erfasste, nachdem sie ihren Wunsch nach einem Kind hatten ziehen lassen müssen, da denke ich plötzlich wieder an den Basset von heute Morgen, wie er mich mit seinen großen, treuen Augen angesehen hat. Ob man sich wohl in einen Unbekannten verlieben kann? Und ich krame in meiner Grammatik und versuche es auf Niederländisch:

Thijs, frage ich, denk je dat je van iemand kunt houden die je niet kend?

Natuurlijk, sagt Thijs, ik hou ja ook bij vorbeeld van god. Dass er sich das traut, so einfach zu sagen, also dass er Gott liebt, ganz ohne rot zu werden und auch ohne jeden religiösen Eifer, das imponiert mir sehr. Und ich denke mal wieder, dass dieser Mensch hier neben mir ganz schön schlau ist, Jugend hin oder her.

Koningsdag

Ein paar Wochen später, am koningsdag, ist das Wetter dann aber doch absolut königlich, und endlich sind sie da, die rokjes in allen Farben und Größen, und auch ihre weniger schönen Verwandten, die kurzen Hosen, sind unterwegs. Im Wilhelminapark wird gegrillt, und ich fühle mich durch den Geruch, eine Mischung aus Haschisch und Grillkohle, an den Görlitzer Park in Kreuzberg erinnert. Hier im Park ist, wie auch überall sonst in der Stadt, eine Bühne aufgebaut, von der Musiker in wechselnden Formationen mit diversen Richtungen der aktuellen Unterhaltungsmusik das Land beschallen. Drum herum und auf den Gehsteigen der Innenstadt ist zudem Flohmarkt, *vrijmarkt* genannt, wo die Utrechter in orangefarbenen Perücken selbst gebackenen Kuchen und alten Plunder verkaufen. Kinder führen kleine Kunststücke auf oder pusten oder fiedeln ein bisschen auf ihren Instrumenten herum und wollen Taschengeld dafür, und getrunken wird auch. Ja, hier wird der König gefeiert wie andernorts der Karnevalsprinz. Gezellig.

Ich stelle mein Rad ab, an dessen Lenker mittlerweile ein stolzer Fahrradkorb prangt, aus dem ich nun eine Flasche Saft und Tomaten und Erdnüsse fische. Etwas

Besseres als diese merkwürdige Kombination ist mir nicht eingefallen, vorhin im Supermarkt, als ich ratlos vor den Regalen stand und darüber nachdachte, was man wohl so mitbrachte. Zu einem Studententreff. In Utrecht. Am koningsdag.

Nun komme ich mir unbeholfen vor, als ich mit meiner merkwürdigen Ausbeute über die unglaublich grüne Wiese stapfe, die hier und da noch ein wenig feucht glitzert vom nächtlichen Regen, dessen ihn produzierende Wolken nun vom Seewind davon gefegt worden sind. Der Himmel blitzt aufgeräumt, die Gesichter der Menschen, Büsche und Bäume, alles blüht, selbst der Rasen, über den die Blütenblätter der Magnolien sich in einer gleichmäßigen zarten Schicht verteilt haben. Meine Absätze bohren sich in den weichen Untergrund, und als ich das Grüppchen neben dem kleinen Weiher sehe, bleibe ich beinahe stecken. Weiß auch nicht, ob ich da so Lust drauf habe: Ik heb geen zin in de party, habe ich deshalb zu Thijs gesagt, aber der wollte meine Ausflüchte nicht gelten lassen.

Schließlich ist koningsdag, das wichtigste Fest des Jahres, wichtiger als kerstmis und *pasen* zusammen, den darf man nicht verpassen, und ich weiß nicht mal, wer überhaupt König ist. Ist es wirklich Willem-Alexander? Oder ist der nicht der Prinz? Und man kann ja nicht Prinz und König in einer Person sein, oder etwa doch? Mir fallen sonst nur noch die tote Lady Di oder Elisabeth II. ein, mit Königshäusern kenne ich mich nämlich nicht so gut aus.

Als Thijs mich herannahen sieht, kommt er herbei und umarmt mich. Er sieht stolz aus, als er mich seinen Freunden vorstellt.

Dit is Klara, sagt er, was sich ziemlich Berlinerisch anhört, aber diese Irritationen gehören für mich hier mittlerweile so sehr zum Alltag, die nehme ich schon kaum noch wahr. Er sagt das mit Blick auf mich, und dann zeigt er nacheinander bedeutungsvoll auf die fünf Menschen in seiner direkten Umgebung und stellt sie mir vor: Marijke, Peter, Horst-Erik, Fraukje und Twan. Na wunderbar, so viele neue Namen, wer soll sich die alle merken? Die fünf Freunde sind äußerst freundlich zu mir, was sich daran zeigt, dass alle augenblicklich anfangen, auf Englisch mit mir Konversation zu machen, ich bekomme sogar einen Stuhl angeboten. Als Einzige. Die anderen stehen oder sitzen auf ihren Jacken. Ja klar, ich bin ja auch mindestens ein bis zehn Jahre älter als die versammelte studentische Jugend um mich herum. Und um diesem Eindruck etwas entgegen zu setzen, und wirklich nur darum, nehme ich den Joint, der die Runde macht, an. Denn eigentlich habe ich dem Kiffen abgeschworen, mehr noch als dem Trinken, denn Kiffen tat dem Gehirn, zumindest meinem, noch nie gut.

Als der beißende Rauch mir die Kehle hinabfährt, überfällt mich die Erinnerung an die langen Abende im Deppenapostroph-Hauke's. Ja, das Gehirn arbeitet wirklich zuverlässiger als der pawlowsche Hund. In mir erscheint eine Szene, wie Hauke und ich und ein paar wenige andere nach Ladenschluss an der Theke saßen, bis der Qualm so dicht wurde, dass man die Streifen, Tupfen und Blumen auf der alten braunen Tapete nicht mehr auseinanderhalten konnte. Haschisch trocknet den Mund aus und verleitet zum Fressen, deshalb verträgt sein Konsum sich bestens mit dem Verzehr von süßen Likören, Chips und Bier, und wenn wir so richtig voll waren, spielten wir Spiele. Spiele, deren kognitiver Gehalt so gering war, dass für ihre Ausführung das Gehirn eines durchschnittlich begabten Kaninchens ausgereicht hätte. Das vielleicht beste Spiel war folgendes gewesen: Alle sitzen aufgereiht an der Theke, hinter der das Schild mit der sinnigen Aufschrift *Freiheit aushalten* angebracht ist. Einer geht pinkeln. Die anderen müssen dann raten, wer weg ist. Wir konnten Stunden damit zubringen, und nie wurde es uns langweilig.

Thijs' Freunde ticken da irgendwie anders. Vielleicht liegt es daran, dass den Niederländern das Kiffen in die Wiege gelegt wurde – was natürlich ein klassisches Vorurteil ist, aber eines, das ich aus meiner persönlichen Erfahrungswelt heraus nicht zu entkräften weiß. Jedenfalls werden sie, nachdem die Tüte ein paar gemächliche Runden gedreht hat, weder albern noch müde, und auch die Chipspackungen liegen noch unangebrochen auf dem Rasen herum. Ich hingegen fange an, mich langsam ein bisschen komisch zu fühlen. In meinem Kopf schwirrt seit einer Weile ein Gedanke umher, der einen unendlich langen Schweif hinter sich herzieht, wie ein Glühwürmchen, das nicht aufhören kann zu glimmen. Als Kind hatte ich Ende der 80er Jahre gerne *Spaß am Dienstag* gesehen, und in dieser Serie gab es einen wahrscheinlich mit irgendeinem Atari programmierten Computerwurm namens Zini, und dieser Wurm, seit vielen Jahren in irgendeiner nicht beschrifteten Schublade in den Untiefen meiner Erinnerung verborgen, ist nun durch eine simple Stimulation der Synapsen hinausgeschlüpft und treibt in meinem armen Gehirn sein Unwesen.

Seit ich den Zini-Gedanken begonnen habe, oder besser gesagt, seit der Gedanke mich begonnen hat, dreht er als Kometenwurm in meinem Kopf endlose Schleifen, wenn ich nur wüsste, was der Anfang des Gedankens gewesen sein könnte, dann könnte ich vielleicht erahnen, worauf ich hinaus wollte, damals, vor ein paar Minuten, Stunden, Tagen … Ich glaube, er hatte etwas mit Hauke zu tun, irgendetwas Wichtiges war das, aber was kann schon wichtig sein, wenn es mit Hauke zu tun hat, und was heißt überhaupt *zu tun haben mit*, es hat in der Gegenwart doch niemand was mit irgendwem aus der Vergangenheit zu tun, und auch nicht mit jemandem, der sich auf einem ganz anderen Flecken der Erde befindet, ein Nachdenken über jemanden ist ja noch kein *zu tun haben mit* jemandem, oder doch, und wenn doch, dann nur in einer sehr abstrakten Form, oder nein, wie war das noch mal mit diesem Physiker und seiner Quantenverschränkung, diesen Wechselwirkungen zwischen Teilchen, die, wenn sie einmal miteinander in Berührung gekommen sind, auch auf viele, viele Kilometer Entfernung noch miteinander in Verbindung stehen, die alten Griechen sagen dazu *sympatheia*, hat Thijs mal erzählt, das sei ein schwieriges Konzept, das zum Beispiel bedeuten könne, dass die Rotation der Sterne die Rotation des Intellekts beeinflusse, und bei mir, da rotiert es gerade wirklich ziemlich kräftig, was wäre zum Beispiel, wenn ein anderer Geist, in diesem Falle also Haukes Geist, in genau diesem Augenblick, dort, weit weg in Berlin, auch gerade an mich denken sollte, oder an den selben Gegenstand wie ich – wenn ich denn noch wüsste, welcher das war, also welcher Gegenstand nur, dann müssten sich ja unsere Gedanken eigentlich irgendwo auf halber Strecke an diesem Gegenstand treffen und gemeinsam den Gegenstand erhellen oder vielleicht sogar erzeugen, aber warum gucken mich nun alle so aufmerksam an, oder bilde ich mir das nur ein, habe ich vielleicht gelacht, geweint oder etwas gesagt, ohne es zu merken?

Eigentlich gucken mich gar nicht alle an, sondern es ist Thijs, der mich ansieht, mit seinen wunderschönen Luther-Augen, aufmerksam, und ein bisschen durchdringend, durchdringend im wahrsten Sinne des Wortes. Denn es gelingt ihm irgendwie, mit diesem Blick zu mir durchzudringen und Zini, den Gedankenwurm, zurück in die Schublade zu verbannen. Das sind Augen zum Daran-Festhalten, denke ich, oder zum Darin-

Eintauchen, Augen, die einen streicheln. Und mein Herz wird plötzlich groß, so groß, dass ich fürchte, die Aorta könne platzen, und nun schauen wirklich alle her und sehen dabei zu, wie Thijs und ich uns ansehen. Es ist insgesamt mal wieder sehr gezellig hier in Utrecht, Nederland, Europa, auf dieser wiesengrünen Erde.

Auf der koningsdag-Bühne passiert nun glücklicherweise etwas, das die gesammelte Aufmerksamkeit auf sich zu lenken weiß. Jemand springt auf die Holzbohlen und ergreift schwungvoll das Mikrofon. Ob dies der koning ist? Wenn ja, dann ist es ein hübscher und sehr junger koning in einer goldenen Jogginghose und einem frisch gestärkten Kapuzenpullover, der nun anfängt, in wahnsinniger Geschwindigkeit zu rappen. Ich bin froh über die Ablenkung, und Thijs, der plötzlich neben mir steht, ist, glaube ich, ebenfalls froh, und als ich ihm sage, dass ich den da oben einen sehr ansehnlichen koning finde, muss er dann doch auch ganz schrecklich albern kichern, Cannabisresistenz hin oder her.

Dodenherdenking

Den Morgen, als ich in Berlin aufbrach, hat Hauke verschlafen. Und ich will gar nichts Schlechtes über ihn sagen, nur dass er eben meinen Weggang im wahrsten Sinne des Wortes einfach verpennt hat. Mein Zug verließ den Ostbahnhof um 7:34 Uhr, und ich war, obwohl solch frühe Stunde auch für meinen Biorhythmus eine Herausforderung darstellt, gar nicht müde gewesen, eher betäubt, träumend. Es war der 1. November, in Deutschland Allerheiligen, in den Niederlanden aber nichts als ein beliebiger Tag, schmucklos, grau, feucht. Wahrscheinlich war er in beiden Ländern neuerdings auch einfach nur der Katertag nach Halloween, es war mir egal. Mein Koffer war im Geiste bereits seit Tagen gepackt gewesen, weshalb ich ihn, als ich morgens aufbrach, in einer Art Trance mühe- und gedankenlos mit dem Wichtigsten vollstopfen konnte. Als ich losging, war er gefüllt mit dem, was ich am dringendsten zu brauchen glaubte, der elektrischen Zahnbürste, ein paar Medikamenten, drei wichtigen Büchern, einem alten (Robert Walser *Der Räuber*), einem aktuellen (Gerbrand Bakker *Jasper und sein Knecht*) und einem, das zwar ebenfalls alt war, das ich jedoch erst zukünftig lesen wollte, dann aber auf Niederländisch (Remco Campert *Het leven is vurrukkulluk*), ein paar CDs, zwei Paar Schuhe, zwei Paar Hosen, Unterwäsche, Shirts, Pullover, Reisepass.

Es war kalt und feucht in der Wohnung gewesen, langsam hatte sich der Winter angekündigt, und wer Berlin kennt, weiß, dass die Winter dort von einer ganz und gar anderen Kategorie sind als das bisschen kühle Luft und der milde Niesel im Westen. Der Winter in Berlin beginnt Anfang November und endet mit etwas Glück Ende April, manchmal schneit es aber auch im Mai noch mal. Viel kalter Regen ist bis in den Juni normal. Des Berliner Winters wichtigste Erkennungszeichen sind schneidende Kälte und Dunkelheit. Einmal, das muss so etwa 2009 oder 2010 gewesen sein, hatte es so lange nicht getaut, dass erst an Ostern, als die Wasser dann doch endlich schwollen und die Eiszapfen von den Dächern fielen, um als tödliche Speere auf dem Kopfsteinpflaster zu zersplittern, all die Silvesterraketen und leeren Sektflaschen auf den Gehsteigen wieder zum Vorschein kamen, die dort viele Wochen, ja Monate, unter einer dicken Schneeschicht verborgen gewesen waren. Damals hatte ich am Ostersonntag vor meinem bevorzugten Weddinger Späti gestanden, um Milch oder so etwas zu erstehen, jedenfalls irgendetwas, das wir dringend brauchten, aber wie immer versäumt hatten zu kaufen, und hatte das plötzliche Bedürfnis verspürt, meinen Mitmenschen ein frohes neues Jahr zu wünschen. Hier in Utrecht hießen die Spätis *avond-*

winkel oder *nachtwinkel* und waren eigentlich nichts als sehr lang geöffnete Geschäfte, keine wirklichen Kioske und zudem eine Rarität, was aber kein Problem darstellte, denn ich wollte ja lernen, am helllichten Tage einkaufen zu gehen.

Na, jedenfalls war es also auch an diesem ersten Novembermorgen des letzten Jahres, dem Morgen meines Aufbruchs, bereits ziemlich frostig gewesen; ein klarer Morgen war das, dessen Kälte unsere Fensterscheiben von innen hatte beschlagen lassen, sodass ab und zu Feuchtigkeit wie eine Träne an ihnen herabgelaufen war. Und ich kann das Gefühl, das mich beschlich, als ich unsere Haustür hinter mir schloss, noch immer spüren. Es gibt ja viele, meist unbeholfene, metaphorische Worte, die versuchen, Emotionen zu beschreiben, und wenn ich in der Klamottenkiste der althergebrachten Beschreibungen wühlen wollte, würde ich für das, was ich spürte, wohl am ehesten *mulmig* herausgreifen, vielleicht auch *verlassen*, und als Grundfarbe wohl so etwas wie *trostlos*. Das *mulmig* erklärt sich, denke ich, von selbst, schließlich verließ ich meine zwar insgesamt nicht gute, aber doch stabile Ordnung; trat heraus aus einem irgendwie funktionierenden System und brach auf ins mir unbekannte Neue. Ich war ein Berliner Robinson Crusoe, Kolumbus, Humboldt, der in die neue Welt aufbrach, und wieso gab es da denn eigentlich keine berühmten Frauen als Beispiele? *Verlassen* hingegen muss ich wohl erklären, denn wieso, könnte man fragen, fühlt sich eine Frau *verlassen*, wenn doch sie es ist, die verlässt? Müsste ich mich da nicht konsequenterweise eher *verlassend* gefühlt haben oder auch *unverlässlich*? Schließlich würde der arme Hauke in wenigen Stunden nur, vielleicht drei oder vier, aus seinem Dämmerschlaf erwachen, das Bett neben sich leer finden und sich nicht die geringsten Sorgen machen. Dann war ich halt schon auf, würde er denken, vielleicht hatte ich ja eine Verabredung oder war, in einem kurzen Aufwallen altruistischer Motive, zum Bäcker gegangen, Schrippen kaufen. Hauke wird sich die Augen gerieben und völlig verpennt mit allerliebst verstrubbeltem Haar in seiner alten Shorts und dem löchrigen *Ramones*-T-Shirt, in dem ich ihn zuletzt gesehen habe und das er nun für immer wird tragen müssen, zumindest in meiner Erinnerung, in das Schlachtfeld namens Küche gewankt sein. Und wenn er Glück hatte, dann wird da noch etwas Kaffeepulver in der blauen Dose gewesen sein, und wenn er noch mehr Glück hatte, Milch in einem Stadium kurz vor dem Umkippen und nicht kurz danach. Und er wird das Radio angemacht haben, und der Moderator von Radio Berlin wird erzählt haben, dass in der Haltestelle Uhlandstraße jemand vor die U-Bahn geschubst wurde, das zumindest weiß ich ziemlich sicher, denn das hatte der Moderator bereits drei Stunden früher erzählt, als ich beim Bäcker gestanden und Kaffee gekauft hatte. Filterkaffee aus einem kleinen braunen Retro-Plastikbecher, wie man das eben so machte, hier im Wedding, wo man sich stets aussuchen konnte, ob man seiner Zeit hinterher oder bereits wieder voraus sein wollte. Ja, und *trostlos* hatte ich mich auch gefühlt. So ganz tief drin im Bauch zog sich dieses Gefühl vom Solarplexus bis hinunter in den Darm. Es war und ist ein scheußliches Gefühl, bodenlos und verlassen, wie mir manchmal die Augen der Kinder vorkommen, die vor den Geschäften hocken, vor sich Zettel beschrieben in einer Sprache, die sie vermutlich kaum oder gar nicht verstehen. Natürlich ist dieser Vergleich vermessen, denn schließlich war ich kein minderjähriger unbegleiteter Flüchtling, wie man die verloren gegangenen Kinder unseres Landes im Bürokratendeutsch ja gerne nannte, sondern eine erwachsene, halbwegs studierte, familiär zumindest mit dem notwendigsten abgesicherte Frau, die volle Freizügigkeit genoss, die mit ihrem Plastikpass, auf dessen Bild sie nicht lächeln durfte, überallhin reisen durfte, wohin auch immer sie wollte. Trotzdem war ich trostlos, und zwar genauso trostlos wie alle anderen Menschen trostlos sein dürften, wenn sie vor den Scherben von etwas stehen, auch, oder vielleicht gerade dann, wenn sie das Zerborstene selbst zerschlagen haben, wenn sie etwas verlieren und vermissen und innerlich entzweigerissen sind.

Es war also an Allerheiligen gewesen, als mein Zug nach Nirgendwo aufgebrochen war, und aus irgendeinem Grund hatte ich anfangs angenommen, dodenherdenking sei das niederländische Pendant dazu. Doch an diesem 4. Mai, ziemlich genau sechs Monate nach meinem Herkommen, werde ich, obwohl ich doch eigentlich schon lange in der Theorie über den Termin informiert gewesen war, dennoch um Punkt zwanzig Uhr in meiner neuen Welt vom absoluten Stillstand überrascht. Und erst da wird mir klar, dass das deutsche Allerheiligen, das wegen des inflationären Wachstums der Zahl der Heiligen in den ersten nachchristlichen Jahrhunderten auf einen einzigen Tag verlegt wurde, an dem man eben geballt an alle diese wunderbaren Menschen denken sollte, nichts, aber auch gar nichts mit dem politischen und freiheitlichen Gestus von dodenherdenking zu tun hat. Ich stehe also gerade bei Albert Heijn an der Kasse. Natürlich können die anderen Einkäufer und ich den *taptoe*, also das Trompetensignal, das irgendwo in Amsterdam zum Zapfenstreich bläst, hier nicht hören, aber das undeutliche Gemurmel eines Mitarbeiters durch den unsichtbaren Lautsprecher an der Decke und das anschließende Schweigen, das das Land nun ergreift, das höre ich sehr wohl. Es ist so still in dem ansonsten überaus gezelligen Supermarkt, dass ich sogar das Flügelschlagen eines Nachtfalters hören kann, der verwirrt in den Fängen einer der Halogenlampen herumschwirrt; so still, dass ich mein eigenes Blut in den Ohren rauschen höre. Jetzt stehe ich also hier, denke, nein weiß ich, in diesem Moment, dieser Minute, auf diesem Flecken niederländischer Erde, und alle schweigen still.

Ich sehe auf den hellen Kopf der jungen Schönen vor mir, die versunken mit einem Paket Eier in der Hand dasteht, aufrecht und doch hingegossen wie eine der Skulpturen Rodins. Sehe auf die zwei alten Herren, von denen einer umständlich an seinem baumwollenen Taschentuch nestelt. Sehe auf den armen *bedelaar* an der gläsernen Eingangstür, der sein Gebettel nach *muntjes, muntjes* eingestellt hat und nun fast ein wenig feierlich aussieht. Und ich versuche auch in mich und meinen eigenen Kopf hineinzusehen. Vielleicht denken ja einige der hier Anwesenden tatsächlich an die vielen Kriegsgefallenen, die Heroen und die Antiheroen, und an die, die irgendwann einfach weg waren, verschollen sozusagen, all die Brüder und Väter und Söhne. Aber wer an jene denkt, der denkt wohl auch an all die toten Schwestern, die Mütter und Töchter in den Trümmern, und an die Kleinen, die noch beide Geschlechter in sich tragen dürfen und deren Tod noch nicht von außen festgelegt wurde. Vielleicht aber, oder auch ziemlich wahrscheinlich, denken die meisten hier an ihre eigenen Toten, die Alterstoten und die Krebstoten, die Fehlgeburten und Unfalltoten, die Drogen- und Alkoholtoten, die Herzinfarkttoten und Selbstmordtoten, die doch alle an irgendeiner Stelle in ihrer Familie oder im Freundeskreis zu beweinen haben. Und obwohl ich gar nicht will, merke ich, dass mir eine Träne über die Wange rinnt, aus meinem Auge, das ja auch eine Art Fensterscheibe ist, so wie die Scheibe unseres Küchenfensters, bloß dass mein Auge kein Ausguck in den Weddinger November, sondern in den Utrechter Mai ist. So also ist das, denke ich, hier im Frühling in Utrecht.

Ach ja, und von wegen neue Welt: Eine richtig echte Entdeckerin bin ich natürlich nicht, schließlich waren die Niederlande, als ich vor einem halben Jahr mit meiner spontanen Besiedelung begann, bereits ein wohlerschlossenes Land. Dennoch mache ich immer noch jeden einzelnen Tag eine Menge neuer Entdeckungen, wie eine verdeckte Ermittlern komme ich mir vor, die manchmal nicht aus dem Staunen über die kleinen und immer kleiner werdenden Unterschiede herauskommt. Und um noch einmal auf die Entdeckerfrauen zurückzukommen: Es gibt da eine sehr lange Liste mit den Namen wichtiger Entdecker auf Wikipedia mit schätzungsweise 800 alphabetisch sortierten Namen, aber erst unter dem Buchstaben D begegnet einem die erste Frau, Alexandra David-Néel, eine französische Reiseschriftstellerin, die die tibetische Kultur sowie den Buddhismus erforscht haben soll. Dem Artikel zufolge war sie die Tochter eines militanten Republikaners und einer erzkatholischen Mutter, was vielleicht die explosive Mischung ihres Charakters erklärt, die sie zweifellos gehabt haben muss, als sie, gerade siebzehnjährig, am Ende des 19. Jahrhunderts von zu Hause ausriss, um ihre erste eigene Reise zu unternehmen. Zwar nur bis in die Schweiz, aber was soll ich da sagen. Und unter dem E findet sich dann die nächste Dame namens Isabelle Eberhardt, Schweizerin und ebenfalls Reiseschriftstellerin, woraufhin dann in einem Meer aus Georges und Carls und Ottos und Jules und Pedros lange, lange gar nichts weibliches kommt, und auch die kurze Hoffnungsträgerin unter K, namens Elisha Kent Kane, sich bei näherem Hinsehen als äußerst bärtiger Mann entpuppt.

Natürlich frage ich mich da, ob dieses eklatante, die Augen zum Herausfallen provozierende, beinahe absolute Ungleichgewicht allein historische, soziologische und politische, oder auch irgendwelche psychologischen Ursachen hat, die einen seelisch begründeten Unterschied zwischen Männern und Frauen markieren könnten, oder ob man vielleicht all die Entdeckerinnen in der Enzyklopädie einfach totgeschwiegen hat. Könnte ja sein. Kommt mir aber, wenn ich näher darüber nachdenke, nicht sehr wahrscheinlich vor. Vermutlich liegt diese ziemlich einseitige Verteilung schlicht daran, dass die großen Entdeckungen der damaligen Zeit, also vor allem von Kontinenten und so, proportional mit der Entwicklung der Emanzipation weniger geworden sind. Heutzutage werden ja eher selten neue Kontinente entdeckt, ich kann mich da in den letzten fünfzig bis hundert Jahren an keinen einzigen erinnern, und seit man mit google maps in einem virtuellen Helikopter auch seine gesamte Urlaubsreise schon vor Reisebeginn online abfliegen kann, gibt es ja sowie nichts mehr zu entdecken. Da kann ich auch gleich zu Hause bleiben, denkt sich die Frau von Welt zu Recht und überlässt das Entdecken fortan einem simplen Algorithmus.

Es gab übrigens auch mindestens einen sehr berühmten Holländer unter den Entdeckern, und zwar Abel Tasman, der 1642 Neuseeland entdeckte, sich aber vor

Ort angekommen dann nicht getraut hat, von Bord zu gehen, weil die Maori ja schon da wohnten und verständlicherweise irgendwie genervt schienen vom ungewohnten Tourismus aus Übersee. Deshalb hat er dann eben drauf verzichtet, sein orangefarbenes Fähnchen in den Sand zu rammen.

Hond II

Ein paar Tage nach diesem 4. Mai habe ich eine Verabredung mit meinem jugendlichen Freund Thijs, und noch immer weigere ich mich, ihn meinen Geliebten zu nennen, oder meinen Partner, oder etwas anderes dieser Art, das zu sehr an eine Paarbeziehung erinnern könnte. Da halte ich es lieber mit Platon und lasse zwar in Sachen schwärmerischer Liebe zu jungen Männern hinsichtlich der Moral fünfe gerade sein, nehme aber nicht für mich in Anspruch, mich so einem jugendlichen Menschen verbindlich ans Bein ketten zu wollen. Ich will ja schließlich sein Leben bereichern und nicht behindern.

Das ist natürlich nur meine Sicht auf die Dinge, und ich kann weder mit Bestimmtheit behaupten noch ausschließen, dass Thijs die Sache genauso sieht. Wollte ich einen Indizienprozess gegen ihn führen, müsste ich wahrscheinlich dafür plädieren, dass er schuldig ist. Schuldig im Sinne der Anklage, die da lauten würde: Beharren auf dem Fortbestehen einer nicht proportionalen und somit inadäquaten Beziehung. Schließlich bin ich locker zehn Jahre älter als er und noch dazu mitten in der Verarbeitung meiner letzten verslaving gefangen. Außerdem steuert meine Fruchtbarkeit unerbittlich auf ihr schleichendes Ende zu, erste schlohweiße Haare strecken sich mir im Spiegel wie kleine Antennen entgegen, und die Jahre als Berliner Kneipenwirtin mit dem Hang, regelmäßig die eigene Stammkundschaft unter die Theke zu trinken, sind auch nicht spurlos an mir vorübergegangen. Lebensalter und biologisches Alter sind in meinem Fall also im besten Fall identisch. Auf keinen Fall bin ich die Art Frau, die noch mit fünfzig behaupten kann, in einem ewig jungen Körper zu stecken. Dazu wellt und dellt es sich doch hier und dort ein wenig zu offensichtlich unter der zu dünnen Haut. Doch da den jugendlichen Luther all dies nicht im Geringsten davon abhält, weiterhin mit mir Pläne zu schmieden, wollen wir heute mal wieder was unternehmen.

An diesem Morgen kitzelt mich unter der Dusche ein vorwitziger Sonnenstrahl an der Nase. Der hat sich durch das etwas zu hohe Fensterchen im Bad hineingeschlichen, und ich merke, dass der kleine Strahl schon richtig wärmt. Ich glaube ja nicht an Erweckungen, aber durchaus an Erweckungsszenen, wie jene auf den alten Kirchengemälden, wo irgendwelche Leute, manchmal Heilige, von solchen Lichtstrahlen getroffen werden und man sich als Betrachterin fragt, ob dieser Umstand das Leben dieser Menschen wohl vollständig auf den Kopf stellen wird. Also, ob auf Beleuchtung zwangsläufig auch Erleuchtung folgt, was zumindest den Akteuren auf den Bühnen dieser Welt zupass kommen müsste. Andererseits wurden die nicht von Gott oder einem gottähnlichen Wesen wie der Sonne beleuchtet, sondern eher von Hans oder Karl, den schlecht bezahlten Beleuchtern mit Rückenproblemen. Wie dem auch sei. Der Sonnenstrahl kitzelt jedenfalls verheißungsvoll, und irgendetwas an diesem Kitzeln lässt es mich dann tun. Plötzlich ist da dieser Gedanke in meinem Kopf, ein *ich könnte ja*, das Erkennen einer Potenzialität, die urplötzlich vom Status einer bisher als irreal erschienen oder zumindest nicht wirklich in Betracht gezogenen Möglichkeit in eine der Wirklichkeit nahestehende Option übergangen ist. Die Option ist schon da, bevor ich meinen Gesang beendet habe. Es handelt sich heute um *Vamos a la playa*, den Popklassiker von 1983, der mir nur deshalb in Erinnerung geblieben ist, weil ich als kleines Kind stets *Zahmer, zahmer Geier* verstanden habe, was wiederum einem Kinderbuch von Tomi Ungerer zu verdanken ist, in dem ein Geier namens Orlando die Hauptrolle spielt, und das Missverständnis hat sich erst sehr spät in meinem Leben aufgeklärt, wie genau, spielt hier jetzt keine Rolle. *Das Ende des praktischen Denkens ist der Beginn der Handlung*, sagt Aristoteles, und wenn das stimmt, dann scheint da irgendwo, tief in meinem Unbewussten, unbemerkt etwas nachgedacht zu haben und zu einer handlungsrelevanten Entscheidung gekommen zu sein. Einer, die mehr als ein einfacher Impuls ist, denn ich muss, um ihr Folge zu leisten, einem geheimen Plan folgen, die Dusche abstellen, tropfnass den kleinen blauen Hocker holen, der unterm Waschbecken steht, den Hocker in der Dusche so lange hin und her schieben, bis er nicht mehr wackelt, und dann vorsichtig mit meinen glitschigen Füßen hinaufsteigen. Als ich den Kopf durch das gerade mal kopfgroße Quadrat, das beim Duschen seit Wochen meine Aufmerksamkeit gefesselt hat, nach draußen stecke, wird er ganz und gar von der Frühlingssonne angestrahlt, und ich bin geblendet vom leuchtenden Grün eines Ahorns. Dann rutscht mein Blick hinab zur Straße, und ich sehe den hübschen, langen Rücken eines Bassets, schon wieder einer, ich wusste gar nicht, dass diese Rasse sich solcher Beliebtheit erfreut, oder ist es vielleicht wieder derselbe? Jedenfalls ist es ein sehr ähnlicher Hund, der da halb in einem Strauch steckt, aber ich sehe keinen Menschen dazu, nur den Hund, was mir komisch vorkommt, denn Hunde gehen hier, anders als Katzen, selten ganz allein spazieren.

Und als ich so an dem kleinen Fensterchen hänge, fällt mir mein liebstes niederländisches Sprichwort ein, das da heißt *de kat uit de boom kijken* und eigentlich nur *abwarten* bedeutet. Gleich zu Beginn meines Hierseins, als mir der Spruch begegnet war, hatte ich mich gefragt, ob *die Katze aus dem Baum gucken* wohl ein Pendant zum deutschen *Löcher in die Luft starren* darstellt, doch so ganz äquivalent sind die beiden nicht. Zwar ist eine Katze aus dem Baum gucken zu wollen wohl ebenso aussichtslos wie Löcher in die Luft, womit ein gewisses *tertium comparationis* sichergestellt wäre, doch meint das deutsche Sprichwort eher ein sinnloses und leeres Vor-sich-hin-Starren ohne besonderen Grund, während der Versuch der Niederländer, eine waschechte Katze aus einem Baum gucken zu wollen, eine, die wahrscheinlich aus dem Haus gerannt ist und sich nun aus purer Selbstüberschätzung auf einem der obersten Zweige niedergelassen hat und nun entweder gar nicht daran denkt, wieder herunterzukommen, oder es schlichtweg selbst nicht kann, während dieser Versuch also etwas durchaus Zielgerichtetes hat. Und vielleicht ist das zugleich auch einer der tiefsten und fundamentalsten Unterschiede zwischen den Niederländern und den Deutschen, nämlich der, dass letztere ihre überschüssige Zeit gern sinn- und ziellos vergeuden, während erstere sie zielgerichtet verschwenden. Und was man in unserer heutigen, hyperturbokapitalistischen Zeit mit seiner raren Freizeit anstellt, sagt wohl mehr über die Menschen aus als vieles andere. Das wäre doch mal eine steile These, die ich hiermit den Soziolinguisten Europas für viel Geld zum Kauf anbiete.

In dem leuchtenden Ahorn gibt es aber gar keine Katze, und so starre ich stattdessen die Straße hinunter, während das restliche Duschwasser in kleinen kitzelnden Rinnsalen an mir herabrieselt. Der Basset schält sich nun Zentimeter für Zentimeter aus dem Strauch heraus, in dem er halb verschwunden war, und schnüffelt ausgiebig an einem Mülleimer, den wohl ein Vorgänger markiert haben mag – als es zweimal kurz pfeift. Die langen haselnussbraunen Schlappohren zucken, was ich als Zeichen dafür deute, dass der Hund das Pfeifen zwar vernommen, sich aber entschlossen hat, es vorerst zu ignorieren. Er schnüffelt jedoch plötzlich hektischer, als wisse er genau, dass seine Zeit im Busch von jetzt an begrenzt sein wird. Dann pfeift es noch einmal, schärfer und lauter diesmal, und ein Mensch erscheint an der Straßenecke. Mein Blickwinkel von hier oben ist ungünstig steil, sodass ich nur ein paar nackte Schultern und kurzes mittelblondes Haar erkennen kann, Männerhaar und Männerschultern sind das, beide eher zart. Der Besitzer des Bassets ist ein zarter Mann, dessen Physiognomie mich sofort an Hauke erinnert, nur dass die Bewegungen andere sind. Dynamischere, rundere Bewegungen sind das, die etwas Präzises und doch Weiches an sich haben und denen der Hund nun widerstandslos Folge leistet. Und ich muss im Kontrast hierzu daran denken, wie ich einmal in einem Park einen völlig unfähigen Hundetrainer bei der Arbeit beobachtet habe, und wie der Hundetrainer geschwitzt hat, und wie verkrampft seine Körpersprache gewesen ist, und wie die Hunde an den Leinen ihrer Herrchen und Frauchen gezerrt haben und dabei wild übereinander getollt sind. Nein, dieser Mann da unten ist ganz sicher nicht Hauke. Woher sollte er auch so einen Hund haben, und wie sollte er zu dieser Uhrzeit bereits aus dem Bett gekommen sein, noch dazu mit solch geschmeidigen Bewegungen, und dann hier im frühlingsgrünen Utrecht? Und doch erinnert mich etwas an der Figur unten auf der Straße an ihn, und zwar mit solcher Deutlichkeit, dass ich ein scharfes Ziehen in dem Teil meines Körpers fühle, wo in etwa der Magen sein könnte, was ich aber nicht so genau sagen kann, da ich in Biologie schon immer an den entscheidenden und auch an allen anderen Stellen nicht aufgepasst habe.

Was kann dieses Ziehen sein? Vielleicht ein Schrecken? Angst gar? Es irritiert mich jedenfalls, dass mein Körper mir irgendwelche Signale sendet, die noch dazu so heftig sind, dass sie mich daran hindern, Hund und Herrchen, die nun Anstalten machen zu verschwinden, etwas nachzurufen. Na ja, was soll ich auch einem Phantom hinterherschreien. Das weiß doch jedes Kind, dass man erst dann wirklich wahnsinnig ist, wenn man anfängt, mit seinen Geistern nicht nur zu leben, sondern auch zu reden. Ich könnte mir natürlich blitzschnell einen Bademantel überwerfen und mit triefenden Haaren nach unten auf die Straße laufen. So jedenfalls würde es Bridget Jones machen in diesem einen Film über Liebe und Schokolade. Und dann würde der schöne Thijs vorbeikommen, und er und Hauke würden einander kräftig vermöbeln, während ich nichts anderes zu tun hätte, als hier und da meinen Bademantel auseinander klaffen zu lassen. An den richtigen Stellen natürlich. Aber das hier ist ja keine Hollywoodproduktion, sondern das wahre Leben, und darum steige ich einfach nur etwas schwerfällig vom Hocker runter und frage mich, ob meine Neugier sich nun bezahlt gemacht hat oder nicht.

Was wäre gewesen, überlege ich beim Abtrocknen, wenn es wirklich Hauke gewesen wäre, da unten vor meinem Fenster? Wenn er mir, nach ein paar Wochen des Wartens, der Ungläubigkeit, der Trauer und Wut nachgefahren wäre aus Berlin, mich überall in dieser Stadt gesucht hätte, um schließlich durch Zufall meinen Gesang durch dieses Badezimmerfenster zu hören, und nun täglich herkäme, um ihm zu lauschen? Seinen verschiedenen Tonlagen, den fröhlichen Oktavsprüngen darin, und ihn doch sicher als den meinen wiedererkennend, sich vielleicht fragend, wo dieser Gesang, den er aus der ersten gemeinsamen Zeit in Berlin noch gekannt hatte, in den letzten Monaten, fast Jahren geblieben war. Warum der Vogel verstummt war. Oder geht diese Metapher zu weit?

Vor ein paar Tagen habe ich an einer der Grachten eine tote Meise liegen sehen. Klein und herrlich bunt in ihrem gelb-weißen und schwarz-blauen Federkleid lag sie unverletzt und wunderschön auf der Seite und war so still. Das Bild geht mir nicht mehr aus dem Kopf. Ihre Stille, dachte ich beim Weitergehen, war absolut, absoluter noch als die Stille eines Baums an einem windstillen Tag, stiller selbst als die Stille eines Steins auf dem Grund eines tiefen Brunnens. Das muss daran gelegen haben, dass Meisen wie die meisten Singvögel ansonsten vor Lebendigkeit bersten; einer Lebendigkeit, die sich durch beständige Bewegtheit auszeichnet, durch Getschilpe, Gefliege, Geflattere und Gehüpfe, durch Nestbau und Gebrüte – durch alle möglichen Vogeldinge eben, die in sich das absolute Gegenteil zum Tod darstellen. Singvögel sind in sich eine Metapher für das Leben, so könnte man vielleicht sagen. Menschen, zumindest manche, sind hingegen längst nicht so lebendig. Sie sind eher, so scheint es, in einem ewigen Schlaf gefangen. Sie stehen auf und schlafwandeln ins Büro, danach schlafwandeln sie in die Kita, um ihren Nachwuchs einzusammeln, hinterher schlafwandeln sie noch auf dem Sofa herum und schauen sich eine Serie an.

Das klingt ja wie die moderne Zombievariante der Gefesselten in Platons Höhlengleichnis, würde Thijs jetzt sagen, der immer ein klassisches Beispiel zur Hand hat. Wirklich zu allem und jedem fällt ihm was ein. Und ich? Ich lande immer wieder bei Thijs. Und bin ja, nebenbei gesagt, selbst auch lange geschlafwandelt, dort, im Wedding, wo statt der Meisen Spatzen so quietschlebendig auf den Parkbänken herumhüpften. Nun ja, so viel jedenfalls zu Vogelmetaphern und warum sie manchmal vielleicht zutreffend verwendet werden können.

Ich weiß nicht, warum, aber die morgendliche Episode mit dem Basset hat mir etwas von meinem Schwung geklaut, und als ich vom fiets steige und es über den Platz der *domkerk* bis hin zum akademischen *gebouw* schiebe, wo ich mir zu parken angewöhnt habe, sind meine Beine schwerer als in den letzten Wochen. Thijs sitzt bereits auf der Terrasse eines der vielen Cafés, die hübsch geschwungene, nicht gerade kurze Nase tief im koffie verkeerd. Als er mich über den Platz schleichen sieht, zieht er eine Augenbraue hoch, er kann das, er ist der Typ für so was, auch für Zwinkern und Achselzucken, überhaupt mag ich ihn besonders gern für seine ausgeprägte Körpersprache. Und zwar in allen Bereichen. Was ich hingegen manchmal nicht so an ihm mag, weil es mich anstrengt, ist sein Talent, Stimmungen empfangen zu können.

Klar, dass er sofort wissen will, *wat er aan de hand is.* Wenn ich jemals gezwungen würde, etwas mit Bestimmtheit zu sagen, so wäre es, dass ich diese simple Frage, die in etwa unserem *Was ist los?* entspricht, für eine der am schwersten zu beantwortenden Fragen dieser Welt halte. Sie ist sowohl in ihrer absoluten Allgemeinheit als auch in ihrer Forderung nach Aufrichtigkeit und Aufklärung eines noch unbestimmten, aber in seiner Existenz als gegeben vorausgesetzten Sachverhalts eine blanke Unverschämtheit! Der andere signalisiert ja mit der Frage, dass er etwas ahnt, ein Ereignis, eine Veränderung, irgendeine über die Leber gelaufene Laus eben, Größe und Schwere unbekannt. Ich aber gehöre nun mal nicht zu jenen Wesen, denen ihre eigene Seelenlandschaft wie ein offenes Buch auf den Knien liegt. Meine gleicht eher einem von Hieronymus Bosch in seinen wildesten Phasen gestalteten Wimmelbuch, auf dessen unübersichtlichen Seiten die Wesen dieser Welt, belebte wie unbelebte, Ganzes und Teile, sich in den unmöglichsten Gattungskombinationen zwittern und paaren, also Ohren mit Flügeln mit koffie mit Hoffnung mit Tod mit Klavier wild kombiniert werden. Wie also, bitte schön, soll ich auf die Frage, was los sei, etwas anderes antworten können als *gar nichts*?

Ich habe also keine Antwort auf Thijs' Frage, schaue deshalb angelegentlich den Kirchturm an, der sich, erst eckig, dann rund, dann wieder spitz in den strahlenden Maihimmel bohrt, schaue zu Boden, schaue einem fiets hinterher, hätte wohl auch die Katze vom Baum geguckt, wenn da eine gewesen wäre, schaue so vor mich hin, schaue überall hin, nur um nicht in dieses Auge unter der hochgezogenen Braue schauen zu müssen. Dabei ist es ein schönes Auge, das weiß ich, sichelförmig, und lutherfarben, eines, das sich verdunkeln kann oder strahlen, je nachdem, was seinem Besitzer durch den Kopf geht. Was soll ich auch sagen?

Ruzie

Irgendwann muss er ja kommen, kommt er immer, *de eerste ruzie*, der erste Streit, ganz egal, ob der Anfang der Beziehung leicht, süß und unbeschwert oder anstrengend und überwältigend oder sterbenslangweilig gewesen ist. Aber es gibt doch zumindest Unterschiede in der Art und Weise des Streits, ganz so, als wäre diese irgendwie abhängig davon, wie die Beziehung bis dahin gelaufen ist. Entscheidend ist, glaube ich, vor allem der Tonfall. Ist er leise und bitter oder donnernd und explosiv? Ist er gemischt mit Wut, Enttäuschung, Angst? Hauke und ich hatten seit jeher leise gestritten, manchmal gar lautlos. Vielleicht waren es auch gar keine echten Streitigkeiten gewesen, und wenn, dann jedenfalls keine offen ausgetragenen. Sie zeigten sich nicht im üblichen Schreien und Gläserwerfen, sondern in Seufzern, Gesten, stillen Boykotts, impliziten Vorwürfen, runtergeschluckten Tränen, mieser, sich auf den anderen übertragender Laune, also in all dem, womit eher die Scheidungsanwälte als die Paartherapeuten ihr Geld verdienen. Ich kannte mal ein Paar, das sich äußerst sachlich zu streiten vermochte. Vicky und Leander aus Kreuzberg. Wenn es bei denen mal so richtig krachte, dann in Form von Argumenten. Vicky warf Leander nichts vor, ohne den Gegenstand des Vorwurfs vorher genauestens zu definieren, damit es nur ja nicht zu Missverständnissen während des Streits käme. Und Leander bemühte sich stets, in ausgefeilten Ich-Botschaften zu antworten, in denen er alle Einzelheiten des ihm gemachten Vorwurfs aufgriff und Stückchen für Stückchen seine eigene Sicht der Dinge darlegte, um ihm so die Spitze und das Gewicht zu nehmen. Daraufhin fragte Vicky stets interessiert nach, was er denn genau meine, da sie ehrlichen Anteil an Leanders Darstellung nahm. Und nach kürzester Zeit hatten die beiden nicht nur den Grund ihres Zerwürfnisses vergessen, sondern waren auch in einem weiterführenden Gespräch meist philosophischen Inhalts vertieft. Sie haben sich dann letztlich trotzdem getrennt. Ich glaube, der Sex war irgendwie nichts.

Thijs' und mein erster Streit entzündet sich also, kurz nachdem Haukes Phantom meine Straße heimgesucht hat, und auch genau daran. Nachdem er mich ein paar Tage lang viele Male mit seiner *Was ist los?*-Frage gequält hat, ist es mir irgendwann zu dumm. Wir sitzen draußen in einem Café am Eingang des Wilhelminaparks, und ich fröstele ein bisschen in meiner dünnen Bluse. Im Utrechter Frühling sitzen alle draußen, auch wenn es zwischendurch immer wieder wie aus Eimern schüttet. Der Regen macht den Niederländern in etwa genauso viel aus wie den Fischen das Meer. Gar nichts nämlich. Den feinen Niesel, den es hier bisweilen gibt und der sich wie feuchter Staub auf Gesicht und Körper legt, um dann ganz langsam, aber unaufhaltsam von den äußeren in die innen gelegenen Kleiderschichten vorzudringen, bis er die Haut erreicht, das Fleisch wässert und letztlich die Sehnen, Knochen und ganz am Ende auch das Mark erreicht, vom Bein ganz zu schweigen, den bemerken sie gar nicht. Niemand, kein Niederländer dieser Welt, würde wegen so einer Lappalie seinen Schirm aufspannen. Selbst bei fiesem Seitenregen, von stürmischen Böen mit der vollen Breitseite vors Fahrrad gewummst, lächeln sie nur müde. Und wenn es zum Orkan kommen sollte, dann tanzen sie broodjekauend in dessen Auge, auch wenn dieses broodje eher einem Schwamm als einem gebackenen Cerealiengemisch gleicht. Heute haben wir dichten, sich einfach nicht verziehen wollenden Nebel. Und nebelig ist es auch in meinem Kopf, aber das muss er ja nicht wissen, dieser Thijs.

Hauke war hier, glaube ich zumindest, sage ich, und schaue wohl eher etwas schnippisch.

Das passiert mir immer wieder. Je unangenehmer mir etwas wird und je unsicherer ich werde, desto rüder wird mein Verhalten. Es ist so, als würde ich wütend darüber, dass ich nun gleich gezwungen sein werde, den anderen zu kränken. So, als wäre der andere Schuld daran, dass ich ihm ein Unrecht zufügen muss. Ein komisches Paradox.

Was?, fragt Thijs verdutzt. Wo denn? Und wann? Hast du mit ihm gesprochen?

Nee, sage ich, wieso sollte ich? Der Typ interessiert mich nicht mehr.

Ja, das sehe ich, sagt Thijs und legt sich eine Hand auf den Kopf, eine seiner typischen Übersprungshandlungen, die ich sonst nur von ihm kenne, wenn er vor dem Wagen mit den Backwaren steht und sich nicht zwischen den *oliebollen* und den stroopwafels entscheiden kann.

Wo denn, jetzt erzähl doch einfach mal!, er klingt etwas ungehalten, so klingt er sonst nie, irgendwie angespannt.

Ach, sage ich, unten auf der Straße vor meinem Haus. Ich hab ihn nur von oben gesehen. Er hat jetzt so einen komischen Hund mit einem ganz langen Rücken.

Thijs schaut mich ein wenig ungläubig an, und ich finde ja selbst, dass meine Geschichte, so bei Licht betrachtet und in Worte verpackt, etwas absurd klingt. Ehrlich gesagt sogar ziemlich absurd. Was sollte er auch dort, mit dem Hund, unter dem Fenster gewollt haben? Er war ja schließlich kein Minnesänger, gesungen habe nur ich.

Ich weiß auch gar nicht so ganz genau, ob er es wirklich war, schiebe ich deswegen nach, also nicht der Rede wert, lass uns einfach über was anderes sprechen.

Tja, und da habe ich dann also meine *rekening zonder de waard gemaakt*, wobei ich nicht weiß, ob man das hier auch so sagt, also das mit der Rechnung und dem Wirt, oder nicht, jedenfalls lässt Thijs von da an nicht mehr locker. Wenn ich gewusst hätte, wie hartnäckig der niederländische Mann werden kann, wenn ihn etwas brennend interessiert, dann hätte ich mir lieber irgendetwas anderes als Antwort ausgedacht. Jetzt aber muss ich erklären.

Ich dusche ja jeden Morgen. – Was du nicht sagst. – Und beim Duschen singe ich meist. – Nicht dein Ernst, ist mir ja noch nie aufgefallen. – Könntest du bitte aufhören, so ironisch zu sein? – Was ist das, ironisch? – Na, *ironichssssch* eben, sage ich so überbetont, dass Thijs auflacht, weil es wie immer äußerst bescheuert klingt, wie ich versuche, den zwischen sch und ch changierenden Zischlaut am Ende irgendwie zu verhollanden, und denke bei mir, dass das doch nun wirklich nicht wahr sein kann. Da gibt es schon mal ein identisches Wort, und dann wird man wegen minimaler phonetischer Abweichungen trotzdem nicht verstanden. Und das vom eigenen Freund. Huuups, jetzt habe ich das Wort doch benutzt, gut, dass ich nicht laut gedacht habe.

Und dann versuche ich ihm umständlich zu erklären, wie das vor ein paar Tagen war, unter der Dusche und dann auf dem Hocker. Es ist komisch, je mehr ich rede, desto merkwürdiger wird meine Stimme. Ich kann mir selbst dabei zuhören, wie ich versuche, irgendwie normal und beiläufig zu klingen, so als würde ich von irgendeinem x-beliebigen Ereignis erzählen. Meine Stimme bekommt dabei aber leider einen hohen, hohlen Ton, wie auch die Worte jetzt sinnentleerte Phrasen sind, so als hätte das Wort *Hund* ebenso wie sein Pendant *hond* mit einem Mal alle Bedeutung verloren. Ich leiere also wie ein uraltes Grammofon meine unglaubwürdige Geschichte herunter und versuche dabei das hölzerne Geländer zum Parkeingang zu fixieren, um mich nicht von Thijs' langsam dunkler werdendem Blick noch weiter aus der Fassung bringen zu lassen.

Dieses verbale Herumgehampel erinnert mich an die Zeit, als ich versucht habe, katholisch zu werden. Das war in einer kurzen Phase meines Lebens, so etwa 12 oder 14 Jahre war ich damals alt, als ich dachte, dass es mir an Sinn fehle und ein handfester Glaube die Lösung all meiner Probleme sein könne. Die von Gott Geliebten waren ja schließlich die Glücklichen, sagte mein Religionslehrer, und wenn dem so wäre, würde der Glaube mich von all dem Ungemach erlösen, das mich seit dem Beginn der Pubertät überfallen hatte. Wenn ich nur kräftig betete, würde er meine langen, ungelenken Arm- und Beinpaare den geschmeidigen Gliedmaßen meiner Ballett tanzenden Mitschülerinnen ähnlich machen. Er würde meine Pickel zum Verschwinden bringen, den langweiligen Pferdeschwanz gegen einen schwingenden Bob austauschen und meine ganze verdammte Unsicherheit in seelische Resilienz, genannt *coolness*, umwandeln. So meine hehren Motivationen für die neue Religiosität. Ich bemühte mich also, im Religionsunterricht noch besser zuzuhören, vor allem die Fälle spontaner Wunder und Heilungen interessierten mich dabei, und natürlich ging ich nun auch in die heilige Messe. Ja, und da fingen die Probleme an: Es war mir nämlich schlechthin nicht möglich, meinem neu erwachten Glauben eine Stimme, oder besser gesagt *meine* Stimme zu geben. Beim Singen piepste oder brummte ich kaum hörbar die im Grunde simplen Tonfolgen mit, und das gemeinsame Sprechen des Vaterunsers geriet zur Tortur. Meine Stimme sprach zwar all diese Wörter, doch schien sie dabei nicht aus meinem eigenen Körper zu kommen, sondern seltsam vor mir herzuschweben. Eine komische körperlose Stimme war das, als würde mir beim Flötespielen die Luft ausgehen.

Genauso leer und hohl hat meine Stimme in meiner Erinnerung geklungen wie die, mit der ich gerade versuche, Thijs meinen Vormittag darzulegen. Das Schlimmste am Katholizismus aber war die Beichte. Denn hier musste ich ja nicht nur die vom heiligen Wort durch meine ureigene Rezitation in hohle Phrasen verwandelten Sätze und Verse mitsprechen, sondern selber kreativ werden. Vater, ich habe gesündigt. Und dann war man plötzlich dran. Bloß womit, das war die große Frage. Sollte man wirklich ehrlich sein? Aber, wie konnte man das bloß? Aus alten, italienischen Filmen wusste ich, dass manche Menschen, also zum Beispiel Mafiabosse, quasi alles beichteten, sogar Einbrüche und Morde und dergleichen, und ihnen hinterher immer alles vergeben wurde. Gott hatte ein großes Herz, dessen Güte in der Summe größer und stärker sein musste als die des Bösen und der Schlechtigkeit.

Wie hätte er dieses Böse sonst absorbieren können? Es aufsaugen können wie ein Schwamm? In meinem Lieblingsfilm, *Il Conformista* von Bertolucci, beichtet der vermutlich homosexuelle Hauptdarsteller einem Priester einen Mord, den er als Kind an einem wesentlich älteren Vergewaltiger verübt zu haben glaubt. Sein Schuldkomplex hat bei ihm zu einem extremen Anpassungswillen geführt, und fatalerweise bekommt er erst dann die Absolution erteilt, als er dem Priester verspricht, den Faschisten beizutreten. Da sieht man mal wieder, wohin einen die Religion führen kann. Für mein jugendliches Ich war die Beichte eine absolute Verpflichtung zur ehrlichen Offenbarung aller kleineren und größeren Vergehen, ein Geständnis gegenüber einem Gott, der sich die Ohren des unsichtbaren Pastors in diesem Holzkasten geliehen hatte. Und das genau war das Problem. Wie konnte, wie durfte ich es wagen, den wunderbaren Gott im Himmel mit meinen ureigenen Schlechtigkeiten zu belästigen? Abgesehen davon, dass ich mir nicht vorstellen konnte, dass es ihn tatsächlich interessierte, dass ich heimlich das Tagebuch meiner besten Freundin gelesen hatte, in dem drin stand, dass sie gar nicht mich, sondern eine andere Freundin als ihre beste bezeichnete, gab es auch einiges, was ich ihm lieber erst gar nicht erzählen wollte, einfach weil ich es niemandem erzählen wollte, ja, am liebsten gleich selbst vergessen hätte. Und damit meinte ich weder die bei der Beichte allseits so beliebten fleischlichen Lüste, noch die auf diese fleischlichen

Lüste gerichteten unzüchtigen Gedanken, die einen so absolut guten und reinen Charakter wie Gott nun wirklich nichts angingen, sondern ganz allgemein alles, was man mit 12 Jahren eben so ausfraß. Und ich werde den Teufel tun, das jetzt hier niederzuschreiben.

Die Tonlage meiner Stimme jedenfalls, mit der ich heute, mehr als zwanzig Jahre später, von Thijs' Gesicht abgewandt in Richtung des hölzernen Geländers, das das Brückchen zum Wilhelminapark flankiert, spreche, gleicht mehr der einer sprechenden Barbiepuppe als meiner eigenen, ist hoch und fremd und irgendwie atemlos und erinnert mich gnadenlos an meine Beichtstuhlstimme von anno dazumal.

Thijs nimmt meine komische Stimme natürlich wahr, und das erste Mal, seit ich ihn kenne, frage ich mich, ob er vielleicht unter diesem neuartigen Syndrom leiden könnte, das seit geraumer Zeit die Psychologiespalten der Frauenzeitschriften beherrscht, Hypersensibilität. Immer wieder hatte ich Frauen jeden Alters in Cafés oder Zügen über Artikel dieser Art gebeugt beobachtet, und ich könnte schwören, dass ich ihre Gedanken in gut lesbaren Blasen über ihren Köpfen schweben sehen konnte: *Bin ich auch hypersensibel? Ich habe alle Symptome! Dann bin ich vermutlich auch hochbegabt. Habe ich es mir doch gedacht! Diese unfähigen Lehrer haben es nur nicht erkannt!*

Oder etwas in dieser Art. Ich war ja selbst auch ein gutes Beispiel für geglückte Bäuerinnenfängerei. Thijs jedoch könnte vielleicht wirklich so ein Typ sein, wie die Hobby- und Küchenpsychologie ihn zeichnete. Er konnte ja nicht nur die kleinste meiner Stimmungen drei Kilometer gegen den schwersten Nordseesturm erschnuppern, sondern hatte sich auch in wenigen Semestern drei uralte Sprachen gleichzeitig angeeignet, was meines Erachtens sehr für eine Hoch-, in jedem Falle aber für eine Inselbegabung sprach. Leider konnte ich jedoch auch einige der nachteiligen Symptome an ihm feststellen, als da wären eine gewisse Sprunghaftigkeit und die Neigung zu großen, sich stets wandelnden Ideen. Außerdem brach für ihn beim kleinsten Anlass gleich die ganze Welt zusammen.

Ich habe das bisher nicht erwähnt, fällt mir dabei auf, da ich mich in den letzten Monaten meines Hierseins, ja, acht dürften es nun beinahe sein, mehr auf die schönen Anteile all des Neuen konzentriert habe. Das hat wohl zu einer recht selektiven Auswahl von Ereignissen und dem Ausblenden beziehungsweise der Abspaltung, fachsprachlich auch Dissoziation genannt, weniger angenehmer Ereignisse geführt. Ich habe ja bereits diesen Psychologen mit seiner Theorie über das erzählte Leben erwähnt und dass wir die Geschichte unserer Existenz durch die Art und Weise, wie wir sie erzählen, bis zu einem gewissen Grade selber formen. Dass Thijs sich im Umgang also bisweilen ein wenig wankelmütig und leicht reizbar zeigt, ist bislang in meinen dagboekartigen Memoiren nicht sonderlich deutlich zum Vorschein gekommen, und der Wahrhaftig- und Vollständigkeit halber soll es hiermit Erwähnung finden. Er ist ja auch noch jung. Ein feuriger Mann mit dem scharfen Geist des Melanchthon im Körper des jungen Martin Luther. Wer sollte ihm da nicht seinen leichten Jähzorn, den er in seinem Wesen hervorragend mit einem gewissen Hang zu allgemeiner Ungeduld kombiniert, verzeihen? Außerdem hat er, vor allem in Anbetracht seiner Jugend, schon eine ganze Menge erlebt. Obwohl dieser Zusatz mit der Jugend vermutlich blödsinnig ist. Es weiß doch jeder, dass gerade in der Jugend die schlimmsten und weitreichendsten Dinge mit den Menschen geschehen und dass das, was ihnen in dieser Zeit zustößt, von höherer Signifikanz ist als alles, was später noch kommen mag. Man kann sich das wie das Formatieren einer Festplatte vorstellen. Zuerst kommt die grundlegende Partition, und danach werden die verschiedenen Teile mit allem möglichen und unmöglichen Inhalt gefüllt. Wenn da ganz am Anfang etwas schiefläuft, also wenn die Teile zum Beispiel ganz unterschiedlich groß oder klein sind, hat man Pech und ist leider fortan mit einem pathologischen Charakter ausgestattet. Also mit einem Charakter, bei dem sich ein bestimmtes Merkmal und eine bestimmte Form der Angst verselbstständigt haben. Jeder Mensch ist laut Riemann, auch so einem Psychologen, mit einem Charakter ausgestattet, der einen depressiven, einen schizoiden, einen zwanghaften und einen hysterischen Anteil hat. Und zu jedem dieser Anteile gehört auch eine bestimmte Form der Angst:

Die Angst vor Distanz zum depressiven Typ, die Angst vor Nähe zum schizoiden, die vor Veränderung zum zwanghaften und jene vor Notwendigkeit zum hysterischen. Im normalen, oder sagen wir besser im soweit unauffälligen Menschen, sind alle diese Anteile und ihre entsprechenden Ängste einigermaßen gleichmäßig verteilt. Von mir selbst ahne ich, dass ich wohl eine Mischung aus dem depressiven und dem schizoiden Typ bin, aber was für eine Mischung ist Thijs?

Wenn das Dunkle in seinen Augen das sein sollte, wofür ich es halte, nämlich ein Anflug von Eifersucht, dann wird er wohl der zwanghafte Typ sein, also der, der sich in panischer Furcht vor der kleinsten Veränderung an der augenblicklichen Situation festklammert. Dabei weiß er doch ganz genau, dass ich eine Vorgeschichte habe, ein anderes Leben geführt habe drüben im fernen, wilden und manchmal recht trüben Osten, wo die U-Bahnen in den Häuserwänden verschwinden, die Regenbögen als Fahnen wehen und morgens die Straßenreinigung in die Hinterhöfe poltert; wo das Kopfsteinpflaster unterm Fahrradreifen rumpelt und im Winter alle immer erkältet sind. Na ja, viel von Hauke erzählt habe ich ihm allerdings bisher nicht. Mehr so die Eckdaten, damit er sich ein grobes Bild von der Situation machen konnte.

Mein Lieber, ich bin fünfhundert Jahre älter als du, sage ich, und der Ton meiner Stimme normalisiert sich ein bisschen, wird kräftiger, als würden die Stimmbänder merken, dass ich nun wieder näher bei mir selbst bin, bei meiner persönlichen Wahrheit, und ich fahre fort: Da ist es doch wohl klar, dass ich eine Vergangenheit habe, die nicht nur aus Abitur, Campingurlauben auf Ameland und Händchenhalten bestanden hat!

Ja, aber was macht der Typ denn hier, fragt Thijs, was will der denn jetzt von dir?

Das weiß ich nicht, und es ist mir auch egal, sage ich wieder, und meine Stimme schwankt diesmal nur ein bisschen.

Und obwohl ich sehe, dass Thijs sieht, dass ich merke, dass er von meinen Aussagen nicht überzeugt ist, lassen wir vom Thema ab. Manchmal, nein, ziemlich oft im Leben, weiß man nicht, ob es nicht genau jene kleinen Unterlassungen sind, also die Dinge, die man nicht tut, die sich später als genau jener kleine Haufen Schnee herausstellen, der die große und alles vernichtende Lawine ins Rollen gebracht hat. Und wenn man dann den Brief vom Scheidungsanwalt mit all den böswillig instrumentalisierten Paragrafen in den Händen hält, denkt man sich: Ach, hätte ich damals doch bloß diesen kleinen Haufen Schnee weggefegt, als es noch ganz einfach möglich gewesen wäre, dann säße ich jetzt nicht hier, eingeschlossen von Eis und Schnee in den Trümmern meines bisherigen Lebens.

Geest

Dieser Frühling wird nicht ganz so friedlich zu Ende gehen, wie er angefangen hat. Mit dieser Vorahnung, gegen die ich mich seit einigen Wochen wehre und die dennoch langsam zur inneren Gewissheit wird, sehe ich, wie Utrecht langsam sein Sommergesicht annimmt. Die Röcke der *meisjes* sind zu knappen Shorts geworden, auf der Oudegracht stauen sich die Kähne, und die Terrassen der Cafés, Kneipen und Restaurants zu beiden Seiten des Kanals sind von morgens bis in die Nacht hinein voll besetzt. Langsam hat sich das zarte, helle Grün in ein satteres, dunkleres gewandelt, und im stetigen Wechsel blühen die Bäume und Sträucher. Die Osterglocken in den Vorgärten sind schon den Tulpen gewichen und diese den Pfingstrosen, und hier und da blühen bereits die Hortensien. Ostern inklusive *paashaas* und *eieren* ist längst und mehr oder weniger unbemerkt an mir vorbeigegangen, bis auf das kleine Schokoladenküken, das ich am *paaszondag* verwaist in meinem Fahrradkorb gefunden habe.

Doch über all dem Schönen, das die Stadt erfasst hat, das die Stadt, in der ich lebe, ist, hängt ein Schleier. Der ist da seit dem Tag in der Dusche, an dem ich auf den Hocker gestiegen bin, und lässt und lässt sich einfach nicht vertreiben. Unter dem Schleier, der mich seitdem von der Außenwelt trennt und der vielleicht ein ganz kleines bisschen mit der Glasglocke zu vergleichen ist, unter der die arme Sylvia Plath, oder besser gesagt Esther Greenwood, damals gefangen war, unter diesem Schleier begegnen mir auf einmal alle möglichen geisterhaften Erscheinungen. Meistens allerdings, das muss ich zugeben, ist es nur einer, ein einziger *geest*, den ich zwar nicht oder zumindest nicht bewusst gerufen habe, der mich aber trotzdem beehrt. Es fängt damit an, dass ich, nachdem Thijs und ich, als würden wir einer geheimen Abmachung folgen, das Thema Hauke fallen gelassen haben, auf einmal ständig an ihn denken muss. Es ist weniger ein bewusstes Erinnern, mehr ein ungezügeltes Aufploppen von Bildern, manchmal auch Bilderfolgen, bewegten Sequenzen, die wie die Werbeanzeigen auf Internetseiten immer wieder als ungebetene Gäste an den Rändern meines Bewusstseins auftauchen. Wenn das geschieht, bin ich machtlos dagegen, wie sehr sie meine Aufmerksamkeit in ihren Bann ziehen. Es ist, als würde jemand einen Stummfilm ablaufen lassen und vorher eine Tafel einblenden, auf der steht: *Davon zuversichtlich jetzt!*

Einmal ist da zum Beispiel Hauke in seinem sehr alten weißen Frotteebademantel, der gar nicht mehr weiß ist, sondern zumindest an den Ärmeln und Rändern gelblich-braun vom Nikotin und allmorgendlich verschlabberten Kaffee, wie er an unserem alten Spülstein steht und mit Engelsgeduld versucht, eine Tasse aus dem dreckigen Geschirrberg zu ziehen, ohne den Turm ins Wanken zu bringen. Interessanterweise sind meine Gefühle, wenn ich die Erscheinung betrachte, einigermaßen identisch mit denen, die ich auch damals in derselben oder einer sehr ähnlichen Situation erlebt habe. So ein gemischtes Gefühl aus Wut, Bewunderung und vollkommener Resignation, an das ich mich gut erinnere. Klar fand und finde ich es spannend zu beobachten, ob er seine Operation zu Ende bringen oder ob der Patient am Ende tot und vor ihm ein Scherbenhaufen sein wird.

Dann sehe ich plötzlich den frühen Hauke aus den Anfangstagen unserer Beziehung, als wir uns noch Mühe damit gegeben hatten, uns kennenzulernen, uns entgegenzukommen, uns zu verstehen, uns kleine Freuden zu bereiten, Mühe mit dem ganzen komischen relatie-Programm eben. Dass es der frühe Hauke ist, erkenne ich daran, dass er die Haare kürzer trägt und sich noch keinen Bart hat stehen lassen. Außerdem haben die Bowlinglatschen damals noch eine gewisse Form, sehen beinahe aus wie Schuhe. Das deutlichste Kennzeichen des frühen Stadiums ist jedoch sein Lächeln: Die Sonne scheint in sein helles Haar, und die Augen, mit denen er mich anschaut, sind innen blau wie der Himmel an einem strahlenden Tag in den Alpen und drumherum weiß wie glasklare Gletscher. Diese Vision lässt mich lange nicht los, weil sie mich so erschreckt. Was ich fühle, wenn ich in diese Augen sehe, ist keine Kälte, sondern etwas Warmes und Schönes.

Die nächste Erscheinung, die mich heimsucht, als ich bei *Winkel van Sinkel* einen Kaffee trinken gehe, ist ein Urlaubsbild. Es zeigt Hauke und mich beim Aufstieg zur Akropolis, und das wiederum ist naheliegend, weil die Karyatiden der antikisierenden Terrasse des großen Cafés der Korenhalle des Erechtheion nachempfunden sind. Auch die Menge der Touristen ist ähnlich. Ich sehe also Hauke und um ihn herum Touristen aus aller Welt mit Fähnchen und Hütchen und Selfie-Sticks. Auf den staubigen Stufen eine helle, völlig verlauste, aus beiden Augen eiternde Katze, und dann dieser entzückte Japaner, der sie immer wieder fotografiert. Bei dieser Sequenz kann ich sogar die Sonne fühlen, die mir von oben frontal auf den Nacken kracht. Was ist das, denke ich, wo bin ich?

Hauke auf dem Badewannenrand, Hauke auf dem Klo, Hauke im Konsum, im Spätkauf, in der Trinkhalle. Hauke auf dem Sofa vor dem Fernseher, im Museum, hinter der Theke, bekifft auf dem Fußballplatz. Hauke im Sitzen, Stehen, Liegen. Hauke beim Sex, beim Schuheanprobieren, beim Kochen und Pizzabestellen. Hauke lachend. Hauke weinend. Hauke gereizt. Hauke mit triefender Nase, nach der misslungenen Weisheitszahnoperation, mit verstauchtem Knöchel. Hauke, wie er mir sagt, dass ich doch eigentlich ziemlich hübsch bin. Hauke uninspiriert. Hauke in bunt und schwarz-weiß. Hauke. Hauke. Hauke. Mich an mich selbst zu erinnern, fällt mir schwerer. Was ich in Erinnerung habe, sind vor allem Stimmungsbilder, eingefrorene Gefühle, die wieder aufwallen, wann immer mir bestimmte Situationen erscheinen. Das Spektrum ist unendlich groß, doch fehlen mir für die meisten Gefühle die richtigen Begriffe.

Ich frage mich, ob wohl die Erinnerungssammlungen aller Menschen, die in einer langjährigen relatie gelebt haben, gleich oder zumindest ähnlich sind. Mir jedenfalls kommt es vor, als seien meine Erinnerungen in mir aufgereiht wie in einem Fotoalbum, oder besser noch wie in einem Anatomieatlas aus dem 18. oder 19. Jahrhundert: Es sind Erinnerungen wie Ansichtsexemplare, die in ein Buch gepappt wurden mit dem Ziel, dem Betrachter verschiedene Phänomene vor Augen zu führen. Würde man die Erinnerungen beider Partner zusammentragen und in ein solches Buch kleben, gäbe das sicher ein interessantes kleines, tragbares Museum. Sehen Sie hier ein klassisches Exemplar eines mitteleuropäischen Pärchens, relativ wohlhabend, relativ weiß, relativ heterosexuell. Klar, je nachdem, welches Paar man zur Grundlage nimmt, wird mal die Akropolis durch den Petersdom oder die chinesische Mauer oder die Niagarafälle ersetzt sein; mal wird die Badewanne frei stehend, weiß und elegant und mal hässlich und vergilbt in die Wand eingelassen sein; interessanter aber ist wahrscheinlich, wie sich die Erinnerungen beider Partner ergänzen oder widersprechen und was sich die geschulte Atlasleserin daraus mit analytischem Blick über die Qualität der Beziehung erschließen kann. Vielleicht kann man sich sogar auswertende Statistiken vorstellen, zum Beispiel solcher Art:

70 Prozent einheitlich in Gesichtsausdrücken gespiegelte Gemütszustände in bestimmten Situationen = gute Beziehung; 50 Prozent Übereinstimmung = mittelmäßige normale Beziehung; weniger als 30 Prozent = kritische Beziehung, oder so ähnlich.

Und dann denke ich an diese in Hunderten und Tausenden von Filmen wiederkehrende Szene, in der ein kopulierendes Paar dargestellt wird, und zuerst sieht man das orgastisch verzerrte Halbprofil des Mannes, der sich vollkommen konzentriert und vom Liebesakt absorbiert über der Frau abrackert. Danach dann, ganz gerade von oben draufgezoomt, die Nahaufnahme des Gesichts der unten liegenden Dame, das irgendeiner auf immer und ewig bewegungslos in Madame Tussauds Wachsfigurenkabinett vor sich hin starrenden Figur gehören könnte, und der Zuschauer weiß augenblicklich: Ahh, da stimmt aber etwas ganz und gar und überhaupt nicht. Also mit der Beziehung. Da muss doch irgendwas faul sein! So oder so ähnlich stelle ich mir also diesen relatie-Atlas vor, bloß abwechslungsreicher in seinen Beispielen, nuancierter und weniger plakativ.

Wo sie wohl plötzlich herkommt, diese Bilderflut, Erinnerungswelle, dieser Tsunami aus Déjà-vus, Illusionen, Wahnvorstellungen und Zwangsfantasien in meinem Kopf? Das frage ich mich, während ich mein *fiets* zielsicher zu meiner liebsten Eisdiele lenke. Da gibt es zum Beispiel ein *ijs*, das aus meiner Lieblingsschokolade hergestellt wird, die mit Salz und Karamell verfeinert ist, und das ich am liebsten jeden Tag verspeise. Ich bin nicht die einzige, die diesen Ort hier mag, sondern halb Utrecht tummelt sich in und um das winzige Geschäft; es wimmelt nur so von kleinen Nachwuchsholländern und -holländerinnen und deren sportiven Eltern, von verschmierten Gesichtern und aus dicken braunen Waffeln heraustropfendem ijs. Auch der Sound dieser Bude ist berückend, eine frühsommerliche Melange aus Lachen und Wehgeschrei. Das ist hier dann doch ganz genauso wie in Berlin, wo sich vor den beliebten Eismanufakturen (so heißen sie heute, diese hippen, alternativen Geschäfte, in denen so exotische Mischungen wie Birne-Feige-Parmesan aus natürlich selbst gemachtem Bio-Eis nichts Besonderes mehr sind) bei schönem Wetter ebenfalls gern bunte, gierige Schlangen bilden.

Und wie ich da sitze, auf dem letzten *plekje* sonniger Bank, das mir eine typische Kleinfamilie, sie groß mit sehr langem Haar, er noch viel größer mit sehr kurzem Haar und beide natürlich blond, in sportlichen, teuren, gepflegten Kleidern, gezelligerweise gewährt, während ihr kleiner Ton oder Wim um sie herumwuselt, und über den Sinn und Unsinn von Flashbacks und Halluzinationen nachdenke, sehe ich auf einmal Hauke dort in der Schlange vor der Theke stehen und auf Niederländisch *drie bolletjes ijs* bestellen. Und noch bevor er auch nur den Mund aufmacht, weiß ich mit nahezu hundertprozentiger Wahrscheinlichkeit, welche drei er nehmen wird und dass Erdbeer-Basilikum und Zitrone-Ingwer-Schokolade auf jeden Fall dabei sein werden. Und da muss ich plötzlich anfangen zu weinen.

Es ist das erste Mal seit meiner Auswanderung, dass ich weine, dass ich Tränen meine Wangen runterlaufen fühle und sogar spüre, wie sie in den Augen nachgebildet werden. Völlig autonom treten sie aus dem unteren Augenrand aus, meine Augen schwappen sozusagen über, als würden da zwei Deiche brechen. Dazu fängt auch die Nase an zu laufen, und natürlich habe ich wie immer kein Taschentuch parat. Der kleine Wim oder Ton sieht es als Erstes.

Meisje verdrietig, Mama!, kommt es klar und deutlich aus seinem schokoladenverschmierten Mund, und die Mutter reißt erstaunt die Augen auf. Das meisje, das bin ich, und tatsächlich fühle ich mich wie ein sehr, sehr verdrossenes Mädchen, oder heißt es verdrießliches? Ich weiß es nicht genau.

Natürlich hat die Utrechter Mama *zakdoekjes* dabei, sogar solche in einer eleganten Box, die man einzeln herausziehen kann wie früher die bunten Tücher aus dem Zauberstab des ersten Zauberkastens meiner Kindheit. Ich bedanke mich und versuche verzweifelt, das Hochwasser zu stoppen, während ich gleichzeitig spüre, dass eine ungeheuer befreiende Wirkung von dem Tränenstrom ausgeht. Plötzlich wird mir klar, dass ich im letzten Dreivierteljahr nicht ein einziges Mal habe weinen müssen. Früher als Kind, da musste ich ständig weinen. Dass danach eine Phase folgte, in der das Weinen aus dem Blick geriet, bemerkte ich erst mit dem Eintritt in die Pubertät, wo es plötzlich wieder in den Alltag zurückkehrte. Ich weinte vor Liebeskummer, aus Wut, weil mir der Bus vor der Nase wegfuhr, aus Unsicherheit, machmal weinte ich auch, weil mich irgendjemand oder auch, weil ich mich selbst nicht leiden konnte. Die Phase der großen Heulerei dauerte vielleicht so bis zum Abitur, danach, also mit Eintritt ins Studium, ebbte sie wieder ab. Zumindest bei mir spielt das Weinen seitdem, also seit ich mich selbst als erwachsen bezeichne, nur noch eine sehr untergeordnete Rolle.

Und nun sitze ich also da, ganz *Huilende vrouw* des großen Rodin, auf einer Bank im späten Utrechter Frühling und verbrauche in wenigen Minuten den Monatsvorrat Taschentücher einer freundlichen Niederländerin und ihrer entzückenden Familie. Damit die drei mich nicht weiter so sorgenvoll betrachten, versuche ich ein Lächeln unter den Tränen und ein Schulterzucken, das bedeuten soll, dass ich auch nicht weiß, was da los ist, immer diese Hormone oder so ähnlich, und dann stehe ich einfach auf und laufe davon, ohne an mein fiets zu denken, eine tropfende Spur aus Tränen und ijs hinter mir herziehend.

Und ich frage mich natürlich, ob ich jetzt nicht vielleicht Thijs, den schönen, jungen, starken Thijs anrufen und ihm von meinem Leid erzählen soll. Ich weiß, er wäre in wenigen Minuten bei mir, mit einer Decke unterm Arm und einer Plastikkanne voll Kaffee im Rucksack, und dann würden wir in den Park gehen und uns unter einen Baum legen, und die ganze Zeit über würde er meine Hand halten. Und obwohl ich weiß, dass sich in seine liebevolle Fürsorge auch ein besitzergreifendes Wissen- und Verstehenwollen meiner Situation mischt, wird er sich und seine Gefühle zurückhalten und versuchen, mir einfach beizustehen.

Sterkte!, wird Thijs sagen, eine Aufforderung, die Stärke oder Kraft bedeutet und bei allem Möglichen angewendet werden kann, kurz vor der Examensprüfung genauso wie bei Schnupfen oder wenn jemand gestorben ist. Deswegen gehe ich jede Wette ein, dass dieser ganz alltägliche Zauberspruch auch bei Liebeskummer aller Art angewendet werden kann.

Ist das denn streng genommen überhaupt Liebeskummer, unter dem ich leide, oder wie nennt man das Verarbeiten von etwas Vergangenem, das sich plötzlich so dominant gebärdet, dass es den Alltag, das Jetzt, die Realität und Gegenwart, diesen knappen Millimeter Zeit, in dem das Ich sich gerade befindet, einfach verdrängt? Auch wenn jenes Gefühl vielleicht eine eigene Bezeichnung verdient hätte, ähnelt es doch dem des Liebeskummers sehr. Und das soll ich nun also mit meinem jugendlichen Liebhaber besprechen? Ihm meine Traurigkeit, mein Versagen, all meine Schwäche zu Füßen legen, damit er mich gefälligst auffangen soll?

Das hieße ja, so fällt mir auf, von einer verslaving in die nächste zu stürzen, und wie soll das bitte schön weitergehen? Von dieser dann in die übernächste und von der übernächsten wiederum in die überübernächste und immer so fort bis zum Tode? Da es unwahrscheinlich ist, dass eine verslavte relatie lange anhält, wird man wohl zwangsläufig mehrere davon in seinem Leben haben. Irgendwann wird also auch bei jeder neuen, so vielversprechend sie auch sein mag, der Druck zu groß, die Ambivalenz zu stark, das Aneinanderherumzerren zu nervenaufreibend werden, und das dicke Ende ist vorprogrammiert.

Ich rufe Thijs an diesem letzten schönen Frühlingstag nicht an, und irgendwann hören die Tränen auf zu fließen, und ich setze mich an einen der Kanäle, denn davon gibt es hier ja reichlich, und sehe dem Wasser beim Fließen zu, so langsam fließt es, dass es kaum möglich ist, eine Bewegung festzustellen; wenn nicht dann und wann ein paar Blüten oder Enten wie in Zeitlupe vorbeigetrieben kämen, könnte man meinen, man säße an einem sehr langen und sehr schmalen See. Wenn man hier zweimal in denselben Fluss steigen wollte, dann würde es problemlos gelingen. Und ich muss schon wieder an Berlin denken, nämlich an Oskar Loerkes Gedicht *Blauer Abend in Berlin*, in dem der Himmel in steinernen Kanälen fließt, zu denen die Straßen steilrecht ausgehauen sind. Und ich erinnere mich vor allem an das Himmelblaue in dem Gedicht, von dem alles voll ist, so blau, als könne man sich den Bauch damit vollschlagen, so blau wie der Himmel des Yves Klein, so blau wie der ganze Tag. Und seit Langem, ach viel zu Langem, hole ich mal wieder mein dagboek hervor, das ich heute wie aus einer Vorahnung heraus bei mir trage, und blättere bis tief zurück in den Herbst des letzten Jahres, der mir auf einmal sehr, sehr lange her erscheint. Dort, auf den ersten Seiten, begegnet mir der Bootsfahrer wieder, wie er im kalten Nebel das Wasser aus seinem beinahe gekenterten Boot herausschöpft. Ganz ruhig hat er da gestanden, so erinnere ich mich, in seinen Gummistiefeln, denen das eisige Wasser bereits bis zum Halse stand, und mit einem kleinen blauen Blecheimer das Wasser aus dem lecken Boot geschöpft, Eimer für Eimer. Blau waren die Gummistiefel gewesen wie Loerkes Himmel und alt der Mann, nicht nur äußerlich, sondern in seiner ganzen Haltung. An seinem unbeeindruckten, geduldigen, ja, *ergebenen* Arbeiten an einer schier ausweglosen Situation war die Einstellung einer ganzen Generation sichtbar geworden, einer Generation, die im Gegensatz zu mir etwas von der Unerbittlichkeit dieser Welt verstanden hatte und die mit Recht und Überzeugung so wunderbare Sätze sagen durfte wie Loerke damals im Jahre 1910, nämlich: *Die Menschen sind wie grober bunter Sand.*

Zomer

Ongeval

Zzzzzzzzomer in Holland ist schön. Nicht nur, weil der Name dieser Jahreszeit mit jenem weichen, summenden Z beginnt, das wie ein ungewöhnlich sanftes, dunkles deutsches S ausgesprochen wird und nach dem Summen der Bienen oder dem wohligen Nachmittagsschlaf eines Schäfers klingt, nein, auch sonst ist der Sommer schön. Wegen des nicht wegzudenkenden Regens bleibt die Landschaft bis in den späten August hinein saftig und grün, und trotzdem kann es an manchen Tagen richtig heiß werden. Dann könnten die von mittelalterlichen Häuschen eingefassten Grachten auch mitten in Venedig sein. Wann immer ich an einem der zu solch herrlichen Tagen gehörigen Abende auf der Gaardbrug oder der Hamburgerbrug stehe, stelle ich mir vor, es sei die Rialtobrücke und finde es schade, dass hier keine Gondeln vorbeigleiten. Dafür aber kann man diverse andere Wassergefährte beobachten, Ruder-, Motor-, Tret- und sogar Schlauchboote in allen Formen und Größen, die kleine Wellen an die alten Mauern werfen. Es ist natürlich wie immer sehr gezellig hier in Utrecht und amüsant anzusehen, wie all diese Boote, vollgestopft mit Familien und Picknickkörben und

Junggesellenabschieden, da unten vorbeituckern, doch zugleich nervt es mich.

Ach, und auf dieses Genervtsein bin ich stolz. Genervtsein ist prima, schließlich zeigt es, dass ich hier wohne, hier einen Alltag habe. Ich bin genauso genervt wie jene Menschen, die in Beziehungen über dem Verfallsdatum leben, die genervt sind vom Kaugeräusch des Nüsse knackenden oder gähnenden oder niesenden anderen, kurzum von all seinen Marotten, manchmal auch einfach von seiner physischen Ausdehnung als solcher. Genervtsein von seiner Umgebung ist ein sicheres Zeichen dafür, dass der Mensch zu Hause ist. Schon das Embryo im Mutterleib boxt hin und wieder ungehalten gegen die Wände seiner Behausung. Man sagt, dass es so seine Muskeln trainiere, aber wofür? Sicher nicht, um nach der Geburt an der vielleicht schlafenden Mutter zu den Brüsten hinaufzuklettern, wie ich einst irgendwo las. Ich glaube vielmehr, dass diese Erklärungsversuche nur komische Hilfskonstruktionen sind, weil man ihm nicht zugestehen will, genervt zu sein. Diese dämliche Wand da, mag es denken, oder auch: Nervige Plazenta, ich brauch meinen Platz! Genervtsein gehört also zu Beziehungen und ganz allgemein zum Sich-Zuhause-Fühlen dazu, würde ich meinen. Nur, wenn dieses leichte Zerren an den Nerven dann irgendwann in das Gefühl des Angewidertseins mündet, ist es in den allermeisten Fällen zu spät. Bei Hauke und mir war es ja auch zu spät gewesen, und ich frage mich immer noch manchmal, wie wir so lange regungslos in jenem Zustand verweilen konnten, in dem eine Veränderung der Situation noch möglich gewesen wäre, bis wir dann plötzlich den berühmten *point of no return* erreicht hatten.

Von den vielen Touristen, die meine neue Heimat bevölkern, bin ich aber zum Glück noch nicht angewidert, sondern eben nur genervt – und zugleich froh, dass ich selbst keine Touristin, nicht bloß *zu Besuch* bin und mit den üblichen Touristenbegierden herumlaufe, die da wären: Eiscreme, Aussicht, Bier. Touristen sind langsam, sie bummeln in den Straßen herum und haben die Augen in den Schaufenstern statt im Straßenverkehr. Man muss für sie mitdenken, mit auf der Hut sein, um Zusammenstöße aller Arten zu verhindern, und das ist anstrengend.

Wenn ich heutzutage mit dem *fiets* von meiner Wohnung zum *theesalon* oder ins Café fahre, dann bin ich wie die anderen Einheimischen. Dann sause auch ich in irrsinnigem, um nicht zu sagen halsbrecherischem, Tempo durch die schmalen Gassen; ohne eine Miene zu verziehen, kurve ich geschickt um die üblichen Hindernisse herum, um Fußgänger, Poller, Lieferwagen, langsame und noch langsamere Fietsfahrer, während ich selbst von schnelleren und noch schnelleren Fietsen sowie Mofas, hier sinnigerweise *bromfietsen* genannt, überholt werde. Die schnellsten Vehikel und kamikazehaftesten Fahrmanöver werden meist von den vielen jungen Studierenden vollführt, die sich von Lieferservices als Boten ausbeuten lassen. In pinken oder blauen Uniformen, mit großen, in Farbe der Uniform designten Kisten voll mit Pizzen oder Asia-Nudeln oder irgendwas, das sich Gourmetfood nennt, auf den Gepäckträgern, schießen sie so nah an mir vorbei, dass mich oft nicht nur ein Windzug, sondern ein Ärmel oder gleich der Ellenbogen streift.

Manchmal denke ich, dass der hiesige Straßenverkehr wie ein kleines Universum funktioniert, ja, dass diese Stadt eine Art mikroskopische Spiegelung des Alls sein könnte, wo die Erde an der Sonne vorbeirast, während sich gleichzeitig der Mond vorbeischiebt und drumherum und überall Trabanten und Satelliten und weitere, noch kleinere Flugobjekte herumschwirren wie Fliegen, die um einen Pferdearsch kreisen. Und mit Genugtuung sehe ich dann die ungläubigen Gesichter erschrocken zur Seite springender Passanten, die es schier nicht fassen können, wie sich die Radfahrer hier, *mitten in der Innenstadt*, benehmen. Denn Touristen denken ja gerne, die Städte seien nur für sie gemacht. Die entsetzten Visagen freuen mich, weil sie mich an mein eigenes Erschrecken aus dem letzten Herbst erinnern, und mir zugleich zeigen, dass sich all dieser Schrecken einfach in Nichts aufgelöst hat. Ich liebe die Vorstellung, dass all diese Leute, die Besucher und die Gäste dieser Stadt, an meinem schnellen Fahren erkennen, dass ich hier zu tun habe, einer Arbeit nachgehe und Termine habe, kurzum, dass ich hier lebe, etwas erwirtschafte und ganz einfach dazugehöre: dass es also mein gutes Recht ist, ein genervtes Gesicht zu ziehen.

Dass es für mich wichtig sein könnte, irgendwo dazuzugehören, hätte ich vor einem Jahr noch heftig bestritten. In Berlin gehört man nicht dazu. Dort hat man eher alle Hände voll damit zu tun, sich abzugrenzen. Wer schon mal am Neuköllner Hermannplatz in einen Wagen der U-Bahn-Linie 7 oder 8 eingestiegen ist, wird wissen, was ich meine. Für jeden Paradiesvogel muss es die Hölle auf Erden sein, dort umherzuflattern, denn was soll der schrägste Vogel in einem Käfig aus noch viel schrägeren Vögeln? Plötzlich ist er nur noch ein langweiliger Kanari unter lauter Individualexoten wie dem Riesentukan, Scharlachspint, Blue Jay oder Lachenden Hans, und kein Schwein schaut sich mehr nach ihm um oder versucht gar, ihn in seinem Käfig zum Sprechen zu überreden. Gesprochen wird ja in der Berliner U-Bahn sowieso nicht, noch nicht mal mehr ins Handy. In Utrecht quatschen hingegen alle, immer und ständig. Selbst wenn mehrere Fahrräder gleichzeitig zum Überholmanöver ansetzen, wird am liebsten in gezellig plappernden Paaren überholt. Es herrscht keine ehrwürdige Stille in meinem neuen Universum, nein, ganz und gar nicht, es ist eher so, dass sich all der Schall, der ja irgendwo bleiben muss, so mag man denken, hier in Utrecht verfängt. Und wie auf Kommando fangen auch noch die Glocken der domkerk kräftig an zu läuten, und ich kenne dieses Lied, woher nur kenne ich es, es fällt mir nicht ein, und erst viel später werde ich darauf kommen, dass es das bekannteste Popstück eines jungen schwedischen Musikers gewesen ist, der sich das Leben genommen hat, das die Glocken nachgespielt haben.

Später. Wenn man wüsste, was später passieren wird, dann wäre die Gegenwart nicht mehr die Gegenwart, sondern die Vergangenheit. Andererseits fühlt sich die Vergangenheit manchmal so gegenwärtig an, dass sie einen beinahe wieder in den Zustand der Unwissenheit zurückversetzt, also den Zustand, in dem man war, bevor die Gegenwart, die damals noch Zukunft hieß, begann. So sitze ich also hier, auf dem Fahrradsattel, trete kräftig in die Pedale und weiß noch nicht, dass Thijs diesen zomer in einem Kibbuz verbringen wird, dass er bald, in ein paar Tagen schon, morgens plötzlich mit einem Rucksack vor meiner Tür stehen wird, einem Rucksack, der so hoch vollgepackt ist, dass er ihn um einen halben Kopf überragt. An der einen Seite wird eine mit einer Kordel befestigte, alte silberne Blechtasse baumeln, die das Sonnenlicht reflektiert. Die hatte er schon als Kind. Und deren Blinken wird das Letzte sein, was ich sehen werde, wenn er in seinen Trekkingsandalen um die Straßenecke verschwindet.

Wenn ich mich bemühe, kann ich noch einmal in den leuchtend blauen Himmel blicken, ohne daran denken zu müssen, dass mein jugendlicher Freund letztlich doch vor mir geflohen ist; vor meiner Schwere und Traurigkeit und all dem Ballast, der in den letzten Wochen wie eine Lawine über mich hereingebrochen ist. Dabei habe ich mich so sehr bemüht, die Sache mit mir selbst auszumachen und nicht zum Thema werden zu lassen. Wochenlang hatte ich mir die Fröhlichkeit ins Gesicht tätowiert, sodass ich manchmal, wenn ich in den Spiegel sah, das Gefühl hatte, in eine grinsende Maske zu schauen.

Nachdem Hauke zuerst vor meinem Fenster und dann in der Eisdiele und letztlich an fast allen möglichen und unmöglichen Orten aufgetaucht war, war es immer aussichtsloser geworden, ihn zu ignorieren. Irgendwann hatte ich versucht, ihn anzusprechen, und er hatte geantwortet. Ich war mir vorgekommen wie dieser Junge in dem Film *The Sixth Sense*, der ständig irgendwelche Geister sieht, bis er dann zu einem Therapeuten kommt, der sich am Ende, Tataa, selbst als Geist entpuppt, bloß dass ich keinen Therapeuten hatte, und schon gar nicht Bruce Willis, und mich daher ganz allein mit meinem Geist herumschlagen musste. Wir konnten lange Zwiegespräche führen, zum Beispiel, wenn wir durch einen der Parks liefen und ich Hauke erklärte, warum ich letzten Herbst *einfach gegangen* war, oder besser, dass es ja gar nicht so war, dass ich *einfach gegangen* war, sondern dass mein schwieriges Gehen das Ende eines jahrelang andauernden praktischen Nachdenkens über dieses Gehen war, ein Nachdenken, das letztlich in eine Entscheidung gemündet war. Irgendwann merkte ich, dass die mir entgegenkommenden Menschen mich, wann immer ich so redend und gestikulierend durch den Park wanderte, wenig entgegenkommend ansahen. Es war mehr ein irritiertes Den-Blick-nicht-abwenden-Können, das plötzlich auf oder an mir heftete und mir zeigte, dass irgendetwas nicht ganz in Ordnung war.

Durch das etwas eingefrorene Lächeln, das ich Thijs gegenüber an den Tag legte, verkrampften sich meine Gesichtsmuskeln auf ungute Weise, sodass ich, wenn ich zwischendurch einmal seinem aufmerksamen Blick entkam, wild zu grimassieren begann, was vor allem vor Toilettenspiegeln geschah, die mir mein mir selbst fremdes Antlitz mit gnadenloser Präzision zurückwarfen. Das alles war also, um die Geschichte ein bisschen abzukürzen, keine sehr angenehme Phase gewesen – und deswegen nahm ich auch dem guten Thijs seine Flucht nicht übel. Was konnte er schon dafür, dass ich mehr mit der Vergangenheit beschäftigt war als mit dem, was man so leichthin als Gegenwart bezeichnet?

Ich trete in die Pedale. In meinem Kopf ist es zwei Wochen früher, und ich denke nicht daran, dass Thijs gerade mit nacktem Oberkörper auf irgendeinem Feld in Israel arbeitet, während der Schweiß in kleinen Rinnsalen über seinen gestählten Protestantenkörper fließt. Ich will auch nicht an Hauke denken, der jederzeit in irgendeinem Winkel meines Gehirns auftauchen kann, um mich mit seiner Präsenz zu beglücken. Am liebsten will ich gar nicht mehr denken, was mir aber kaum möglich ist. Nur sehr, sehr schnelles Radfahren hilft da manchmal, da es die Aufmerksamkeit völlig an den Augenblick bindet. Das macht der Überlebenstrieb, der nicht zulassen will, dass ich gegen einen der mir entgegenkommenden Roller pralle oder, besser noch, kopfüber in eine der Grachten stürze.

Dass dies passieren kann, habe ich erst letztens beobachtet. In diesem Falle war es jedoch kein Radfahrer, der den Wassermann begrüßte, sondern ein arglos speisendes Ehepaar, das als Teil einer größeren Gesellschaft an einem bereits reich gedeckten Tisch in einem italienischen Restaurant unten auf einer der Steinterrassen direkt am Kanal saß. Und während dieses Paar also dort saß und Pizza aß, es war an einem der noch kühlen Abende, als die meisten Menschen in Übergangsmänteln oder warmen Pullovern unterwegs waren, ereignete sich ein *ongeval*, indem plötzlich ein kleines Stück der alten bröckelnden Steinpromenade abbrach und dadurch einen der äußeren, nah am Wasser stehenden Stühle ins Kippeln brachte. Ob zuerst der Mann oder die ihm gegenübersitzende Frau absackte, kann ich nicht mit Bestimmtheit sagen. Einer der beiden muss jedenfalls zuerst ins Fallen geraten sein und dabei den Tisch samt Tischdecke und Geschirr und schließlich auch sein Gegenüber mit sich gerissen haben. Unvergesslich wird mir das Bild bleiben, wie die Frau, die ein Kopftuch trug, mit diesem voran, also buchstäblich kopftuchüber in das milchig-grüne Wasser stürzte. Dieser Moment der senkrecht ins Wasser stürzenden Frau hat sich mir wie ein Comic ins Gedächtnis eingezeichnet.

Auch wenn der Moment des kometenhaften Sturzes einer gewissen Komik nicht entbehrte, war die eigentliche Szene natürlich nicht besonders witzig. Nicht lustig war der kurze, aber entscheidende Moment der Panik, in dem die Frau, nachdem sie zunächst unter der glatten Oberfläche des Wassers verschwunden war, ihre Arme nach oben riss, da sie augenscheinlich nicht schwimmen konnte. Irgendwann fanden ihre Beine kurz Halt auf dem glücklicherweise nicht allzu tiefen Grund, und sie schoss wie ein Haubentaucher aus der Wasseroberfläche hervor. Derweil war ihr Begleiter, von dem ich vermute, dass es sich um ihren Mann gehandelt hat, also jenen Menschen, von dem man doch meinen sollte, dass er da sei, wenn man ihn wirklich braucht, damit beschäftigt, zunächst sich selbst ohne ein Anzeichen der Hast, sondern vielmehr in großer Verwunderung zurück auf die Promenade zu hieven, bevor er dann, zusammen mit weiteren Tischgenossen, die in ihren langen Gewändern panisch strampelnde Frau aus dem Kanal zog.

Während des vielleicht eine oder maximal zwei Minuten andauernden Spektakels war ich auf meinem Platz in einer Pizzeria auf der anderen Seite des Kanals durch eine ganze Palette an Emotionen gegangen, von der am Ende Lachen blieb, gepaart mit dem Gefühl, dass es weder richtig war zu lachen, noch dass der Mann zuerst sich selbst und erst dann, mit unverzeihlicher Verspätung, seiner Frau zur Hilfe gekommen war. Der Moment, in dem sie, von Todesangst ergriffen, ihre Hände so flehentlich zum Himmel gestreckt hatte und niemand da gewesen war, um diese Hände zu ergreifen, war vielleicht der eindringlichste gewesen, den ich in den letzten Monaten erlebt hatte. War nicht genau dies der Moment, vor dem wir Menschen uns auf dieser Welt am meisten fürchteten? Also jener, in dem wir meinen, es allein nicht schaffen zu können, und in absoluter Verzweiflung und Bedürftigkeit nach dem anderen verlangen? Wie schlimm ist es, wenn ausgerechnet in diesem Augenblick niemand da ist, um uns zu retten. Kleine Kinder müssen sich so fühlen, wenn sie weinend in der Krippe liegen und niemand kommt, um sie emporzuheben, oder die Alten und Kranken in den Heimen und Krankenhäusern, die in ihren Betten liegen und um Hilfe schreien, während kein Mensch sie hören kann oder will.

Die Betreiber des Restaurants haben kurz darauf die Terrasse ganz neu betonieren und zudem ein hässliches Gitter anbringen lassen, damit auch ja nie wieder eine ähnliche Peinlichkeit passieren möge wie mit dem haubentauchenden Paar, doch in mir drinnen vermute ich, dass all das nichts bringt. Dass weder angeschraubte Zäune noch sonst irgendwelche verzekeringen einen vor dem Dilemma des eigenen Geworfenseins bewahren können. Ja, ich fürchte gar, dass noch nicht einmal die von den Dichtern und Denkern dieser Welt so einhellig beschworene und besungene *Freiheit* hier Abhilfe schaffen kann, es sei denn, man setzt Freiheit mit der Abwesenheit von Todesfurcht gleich, was, wie Thijs mir einst erläuterte, einige der alten Griechen als größtes Glück der Erde bezeichnet hätten.

Und während ich nachsinnend auf meinem Rad den Kanal entlangfietse und immer mehr Fahrt aufnehme, passiert etwas Merkwürdiges: Je schneller ich werde, desto eher bekomme ich tatsächlich ein Gefühl dafür, wie sich so ein Leben ganz ohne Todesfurcht anfühlen könnte. Der Wind greift jetzt in meine Haare, die im letzten Jahr länger geworden sind, leckt an meinen Ohrmuscheln, pfeift durch meine bloßen Beine hindurch, auch durch die Ritzen der Sandalen, während ich immer fester in die Pedale trete; wie ein Windrad drehen sie sich, sodass die alte Kette quietscht und das Schutzblech empört rappelt. Bei den antikisierenden Säulen von *Winkel van Sinkel* biege ich schräg rechts ab, lasse die Straßenmusiker auf der Brücke links und den Buchladen rechts liegen und steuere nun mit viel Schwung auf ein kleines Gefälle zu. Wer Utrecht kennt, weiß, dass ich mich nun einem Hauptverkehrsknotenpunkt der Innenstadt nähere, jenem kurzen, hübschen, von kleinen winkels und *terrasjes* eingefassten Stück an der Oudegracht, an dem der Weg sich verengt und alles, was Beine oder Räder hat, wild durcheinanderwuselt, sodass es sich normalerweise gebietet, sein Tempo arg zu drosseln, wenn nicht gar in für Holland ganz untypischer Weise das *fiets* ein Stückchen zu schieben. Ich will mich aber heute nicht drosseln, und absteigen schon gar nicht. Ich trete jetzt wirklich voll in die Pedale, de wind in de rug. Mir ist, als würde der sausende Fahrtwind alle meine Sorgen zum Verschwinden bringen, mir fehlt etwas, mir fehlt etwas ganz Entscheidendes, und das ist gut: Ich habe keine Furcht mehr.

Moeder

Am dritten Tag in der Klinik kommt meine Mutter vorbei. Sie ist das erste Mal in Utrecht, und ich denke, dass es doch eigentlich schade ist, dass ich mich erst um einen Laternenpfahl wickeln muss, damit sie es mal herschafft. Sie bringt mir einen eigens für mich gebackenen Kuchen und ein riesiges T-Shirt mit, auf dem steht *Als er één schaap over de dam is, volgen er meer*, und darauf sind lauter grinsende Schafe abgebildet, die hintereinander über einen Deich hüpfen. Ich kann es nicht abstreiten: In all seiner geistigen Schlichtheit hat das Shirt etwas Motivierendes.

Es gibt einen Bahnhof namens Sloterdijk in Amsterdam, und das kleine Areal gleichen Namens, das sich darum herum anschließt, war einstmals ein eigenständiges Dorf. Wo mag der Begriff herkommen? Das Wort *dijk* kennt fast jeder und weiß: Deiche sind zwar lästig zum Drüberklettern, aber auch wichtig als Schutz. Vor Sturmfluten nämlich, die ansonsten die Polder heimsuchen könnten, also jene ausgedehnten Landschaftsgebiete hinter den Deichen, deren Bodenhöhe unter dem Wasserspiegel der angrenzenden Meere, Seen oder Flüsse liegt.

Genauso bekannt nur viel schöner als Deiche sind deren natürliche Variante, die *duinen*, gesprochen wie unsere Daunen; Dünen also, deren Solidität allein durch die Vegetation gewährleistet wird. Man darf nicht darin herumspazieren, noch nicht mal, um sein Geschäft zu verrichten. Auf dem Klo meiner WG liegt ein Buch, das in allen Details die Entwicklung des Deichbaus vom Sackdeich zum Kleideich zum Sandkerndeich beschreibt, und was man dort so über Durchströmung, Böschungs- und Deichbrüche liest, kann an schlechten Tagen richtige Katastrophenstimmung aufkommen lassen. Denn Deiche sind höchst filigrane Konstruktionen: Fehlt da irgendwo an der falschen Stelle ein Grashalm, dann gut' Nacht.

Was ein dijk ist, weiß also, zumindest grob, beinahe jeder. Was aber ein *sloter* ist, lässt sich schon schwerer herausfinden. *Slot* hat viele Bedeutungen, angefangen bei Schloss und Burg, bis hin zu Schluss und Ende. Eine wunderbare Verkettung von Begriffen übrigens, zeigt sie doch, dass so ein prächtiges Bauwerk wie ein Schloss etymologisch vor allem den Zweck erfüllte, sich abzuschotten. Es wäre nun also naheliegend anzunehmen, dass ein sloter, wie bei uns der Schlosser, einer oder eine ist, der oder die etwas mit Schlössern zu schaffen hat, also sie entweder einbaut oder auf- und zuschließt, was aber schon im Deutschen hinkt, denn der klassische Schlosser baut gar keine Schlösser, sondern Türen oder so, und heute ist er sowieso eher ein Automechaniker, und schon wird es wieder kompliziert und alles droht mir auf der schlüpfrigen Fahrbahn der Sprache zu entgleiten. *Sloterdijk* als stehender Begriff existiert jedenfalls nicht, wohl aber ein Sloterdijkermeerpolder, und wo ein Sloterdijkermeerpolder existiert, wird, so sollte man meinen, auch ein Sloterdijkermeer existieren oder einst existiert haben.

Der *Deichschließer* wäre also eine gute und passende Übersetzung für den Namen Sloterdijk, denke ich, was ja überhaupt ein sehr moderner, ja beinahe ein Schlüsselbegriff wäre. Denn wenn das Mittelmeer Deiche hätte, dann würden die Regierenden der allermeisten europäischen Länder diese zur Zeit nur zu gerne schließen, damit ihre Küsten nicht *von Flüchtlingsströmen überschwemmt* werden, wie es heißt. Warum wählt der rechtskonservative Diskurs wohl diese Meeresmetaphorik, frage ich mich, und ja, vielleicht deshalb, weil das Meer eine der letzten Unbeherrschbarkeiten der Natur repräsentiert und zudem ein Teil der Flüchtenden ihren Weg übers Meer suchen, und so kommt es dann zu diesem denkerischen Fauxpas, aber das hatten wir ja schon.

Danke Mama, sage ich, das Shirt ist toll. Auch wenn ich es nicht so recht zugeben mag, tut es mir gut, ihr Gesicht zu sehen. Sie hat genauso mittelbraune Haare und Augen wie ich, aber um ihre herum wirft ein Strahlenkranz tausend kleine Falten auf die immer noch jugendlich leuchtende Haut. Auch ihre Hand tut mir gut, mit der sie über meinen Kopfverband streichelt. So eine Gehirnerschütterung ist zwar unangenehm, aber nicht wirklich bedrohlich, viel bedrohlicher sind die Kosten, die auf mich zukommen, wenn ich noch länger hierbleibe. Da ich aus notwendiger Sparsamkeit meine Krankenversicherungsgebühr gering halten wollte, also nur einen sehr niedrigen monatlichen Beitrag zahle, mit der Konsequenz, dass im unwahrscheinlichen Fall des Falles einer Operation oder Ähnlichem ein recht hoher Eigenanteil bei den entstehenden Kosten anfällt, bin ich nun ein bisschen angeschmiert. Denn dummerweise ist genau dieser unwahrscheinliche Fall jetzt tatsächlich eingetreten. Und weil ich mich, wegen eines sich bei mangelnder Bettruhe erhöhenden, wenn auch geringen Risikos auf einen bleibenden Dachschaden, nicht ohne Begleitung eines Familienmitglieds selbst entlassen darf, habe ich, um dem sicheren Bankrott zu entgehen, schließlich meine Mutter angerufen. Damit wir also gemeinsam hier rauskönnen, bevor ich arm werde.

Ich sehe jede Menge W-Fragen in ihren sorgenvollen Augen und bin froh und dankbar, dass sie sie nicht stellt. Das Problem ist eigentlich gar nicht so sehr der Unfall selbst, bei dem außer meinem Rad und meinem Kopf glücklicherweise niemand zu Schaden gekommen ist, sondern die Tatsache, dass ausgerechnet eine deutsche Touristin, genauer gesagt die pensionierte Psychotherapeutin Linda Busch, nach meinem Crash die Polizei gerufen hat. Kein Niederländer mit dem Verstand eines durchschnittlichen Zwergkaninchens wäre jemals auf eine so bescheuerte Idee gekommen, so viel ist sicher!

Klara P. sei in *irrsinniger Geschwindigkeit* um die Ecke gebogen, hat sie zu Protokoll gegeben, als *halsbrecherisch*, ja *gemeingefährlich* hat sie meinen Fahrstil eingestuft. Und dann hat sie, sehr zu meinem Verdruss, auch noch den Polizisten die hinterlistige Frage gestellt, ob ich vielleicht *suizidal veranlagt* sei. Also *ob das eventuell sein könne*? Am liebsten würde ich der Dame einen Brief schreiben, um ihr einmal deutlich vor Augen zu führen, welche lästigen Konsequenzen ihr sozialpädagogisches Gequatsche für mein Leben hat. Aus irgendeinem Grunde hat nämlich ihre wilde Theorie einen gewissen Eindruck bei den Gesetzeshütern hinterlassen, sodass ich nun, kaum dass ich aus meinem Schlaf erwacht bin, trotz tierisch brummendem Schädel dazu aufgefordert werde, einen umfangreichen Fragebogen auszufüllen. Da stehen lauter so Fragen drauf, die der Mensch nun wirklich braucht, wie, ob ich unter *depressies* leiden würde, ob ich schon einmal in psychiatrischer *behandeling* gewesen sei oder akut unter Sorgen, Ängsten oder Traurigkeit leide. Natürlich kreuze ich alles, was nur eben geht, mit *neen* an, aber als dann neben meiner Mutter plötzlich diese natürlich große, natürlich blonde und schlanke Ärztin steht, und mich beide mit sorgenvollen Blicken bedenken, wird mir doch etwas mulmig.

Brauchen wir Menschen eigentlich immer eine Mutter oder etwas Mutterähnliches, das unser Leben in die Hand nimmt, wenn es uns zu entgleiten droht? Sind wir denn auch als Erwachsene niemals frei, eigene Entscheidungen zu treffen, egal welche, also zum Beispiel gegen Wände zu rennen oder, wenn es sein muss, meinetwegen auch von Hochhäusern zu springen? Da habe ich mich mühsam aus der einen langjährigen verslaving befreit, und nun soll ich mich doch wieder in eine andere begeben, mir *helfen lassen*, mal *über alles sprechen*, mein *Trauma aufarbeiten*, wie die beiden an meinem Bett stehenden Damen unisono verlauten lassen.

Ich glaub mein Schwein pfeift, Mama!, sage ich zu meiner Mutter und merke dabei, wie gut, ach wie verdammt gut es mir tut, diese dummdeutsche Formulierung zu gebrauchen, ohne darüber nachdenken zu müssen, ob ich auch verstanden werde.

Ich werd garantiert in keine Therapie gehen und auch keine Kur oder so einen Schwachsinn beantragen, nur weil ich mich mal kurz mit dem Rad gewickelt habe! Also, es ist mir echt schnurz, was du mit dieser Trulla abgesprochen hast, das könnt ihr knicken!, schnauze ich sie an.

Ob die Ärztin besonders gut Deutsch spricht, weiß ich nicht, aber den Sinn meiner Worte scheint sie zumindest verstanden zu haben, und mit einem resignierten Seufzen legt sie meiner Mutter kurz und sanft die linke ihrer asklepiadeischen Hände auf die Schulter, so als wolle sie ihr irgendwie unauffällig ganz viel Kraft wünschen, was ich erneut als Unverschämtheit empfinde, dann verlässt sie das Zimmer. Ich meine, denkt die Alte, ich sei stumpf und doof? Und kurz kommt mir der Gedanke, dass sich wahrscheinlich die meisten Insassen psychiatrischer Kliniken genauso fühlen mögen, wie ich mich jetzt fühle, irgendwie nicht ernst genommen, also so, als wüssten sie etwas Wichtiges nicht, ja, als hätten sie ganz grundlegend irgendetwas nicht verstanden. Ich aber weiß ganz genau, was mir fehlt: Ich hab keine Angst mehr, und zwar vor gar nichts.

Als wir das *ziekenhuis* verlassen, freue ich mich kurz an dem schönen Begriff. Im ersten Teil des Wortes, dem *zieken*, stecken sowohl das englische *sick* als auch das deutsche *siechen*, außerdem muss ich natürlich auch an *Zicken* und *rumzicken* denken und lache. Ein Haus für zickige Leute, Kranke eben, deren Körper und Seelen nicht das machen, was sie sollen. Meine Mutter, die ein schönes blaues Kleid trägt und überhaupt eine sehr schöne Frau ist, hat eine Tasche mit ihren und meinen Sachen darin über die Schulter geworfen und schaut mich tadelnd von der Seite an. Stimmt ja, Kranke dürfen nicht lachen, nur meckern, genau wie die Zicken, denke ich, und lache so, dass mein Kopf zu zerspringen droht. Eine der ältesten Geschichten von Geisteskrankheit handelt von einem Mann, der fest davon überzeugt ist, er sei ein Gefäß aus Ton. Dessen größte Sorge muss es gewesen sein, dass sein Kopf auf den Boden fallen und zerspringen könnte, und heute finde ich die Vorstellung, von einer solchen Angst getrieben zu sein, relativ nachvollziehbar.

Wir gehen das erste Mal zusammen zu meiner WG,

und als ich meiner Mutter die winzige Dachkammer präsentieren muss, schäme ich mich ein bisschen. Sicherlich fände sie es besser, wenn ihre einzige Tochter mit Mitte dreißig ein anderes Leben führen würde, am besten eines unter der Haube, mit Induktionsherd und Enkeln zu ihrer Belustigung und einem immer arbeitenden, freundlichen Mann. Aber vielleicht täusche ich mich da auch, denn mit einem kindlichen Quieken wirft sie sich nun auf das breite Bett, das fast die Hälfte des Raumes einnimmt, und findet mein Zimmer und die Aussicht aus dem Fenster abwechselnd herrlich und niedlich.

Hier könnte ich es auch aushalten, sagt sie, und es klingt ehrlich.

Und ich frage sie nicht, ob sie denn nicht enttäuscht von mir sei, ob sie mich denn nicht für eine Versagerin halte, eine, die ihr Leben nicht auf die Reihe bekommt und statt dessen einfach abhaut, die Flatter macht, wie es im Deutschen so schön heißt. Besonders enttäuscht sieht sie, bei näherem Hinsehen, eigentlich gar nicht aus.

Ich solle mich wieder hinlegen, bestimmt sie, das hat die Ärztin so verordnet, und ich komme der Idee freiwillig nach. Mein Kopf scheint jetzt tatsächlich eine Art Tongefäß zu sein, und mehr als den einen Sprung, den es nun bekommen hat, will ich ihm nicht zumuten. Meine Mutter hingegen ist arg unternehmungslustig und beschließt, uns etwas zu essen zu kaufen. Da ich ja nun kein Fahrrad mehr habe, das ich ihr leihen könnte, sondern nur eine um einen Pfahl gewickelte Blechruine, beschreibe ich ihr den Fußweg in die Stadt, der nicht weit ist. Hier in Utrecht ist nichts weit. Als sie fort ist, schlafe ich sofort ein und träume einen seltsamen Traum.

In meinem Traum stehe ich an einem Stadtstrand, der umsäumt ist von weißen, teils baufälligen Häusern und bläulichen, palmenartigen Bäumen sowie anderen exotischen Pflanzen. Oberhalb des Strands führt ein Highway entlang, auf dem lange Kolonnen von Fahrrädern in irrsinniger Geschwindigkeit vorbeisausen. Ich stehe an dem Strand und schaue suchend umher. Auch wenn ich noch nie dort war, weiß ich, dass ich in Tel Aviv bin. Ich bin auf der Suche nach Thijs, der hier irgendwo sein muss, aber ich kann ihn nirgends entdecken. Mehrfach nähern sich mir Männer am Strand, die wie der Scheinriese aus *Jim Knopf* in der Ferne riesig erscheinen und dann beim Näherkommen immer kleiner und kleiner werden, doch keiner der Männer entpuppt sich als Thijs. Plötzlich sehe ich ein winziges Wassergefährt, eher eine Nussschale als ein Boot, weit hinten auf dem Meer treiben. Über dem winzigen Bötchen, das sehe ich genau, braut sich ein Unwetter zusammen. Dunkelgrüne, gelbe und schwarze Wolken bilden einen Strudel und drohen, es weiter aufs Meer oder gar in den Himmel zu ziehen. Auf dem Bötchen steht ein einzelner Mensch und winkt. Mir ist nicht klar, ob es Thijs ist, denn, anders als die anderen Männer zuvor, ist dieser Mensch in der Ferne nicht riesig, sondern winzig klein, und ich will ebenfalls winken, aber meine Arme sind so tonnenschwer, dass sie mich fast zu Boden ziehen. Ich will sie heben, aber ich kann es nicht. Also versuche ich, etwas zu rufen, doch aus meinem Mund kommt trotz aller Anstrengung nur ein schwaches Flüstern. Niemals werde ich mit diesem Wispern Gehör finden. Panisch will ich ins Wasser laufen und zu dem Boot hinschwimmen, aber meine Füße stecken im Sand wie festgewachsen. Hilflosigkeit breitet sich in mir aus, gepaart mit einem tiefen Gefühl von Resignation. Dann steht plötzlich meine Mutter neben mir, die ganz anders aussieht als normalerweise, aber dennoch unverkennbar meine Mutter ist, zeigt auf das Meer hinaus und sagt:

Das ist ja Hauke, der dort auf dem Meer treibt, der arme Flüchtling, wir müssen ihn retten.

Und nun kann auch ich erkennen, dass es Hauke ist, der da steht und winkt. Mittlerweile hat der Wind aufgefrischt, und der Wolkenstrudel hat sich zu einem Orkan entwickelt. Vögel fliegen kreischend vom Meer kommend davon, und mir wird ganz kalt. Ich will meiner Mutter sagen, dass ich nichts tun kann, aber aus meinem Mund kommt immer noch kein einziges Wort. Und plötzlich merke ich, wie sehr ich Hauke helfen will und wie groß meine Angst ist, dass er dort draußen auf dem Wasser vernichtet werden könnte. Ich sehe, wie meine Mutter ein Handy aus der Tasche holt, um jemanden anzurufen, die Feuerwehr vielleicht, und ich denke *zu spät, zu spät, viel zu spät*. Und dann sehe ich die Welle. Es ist eine riesige Welle, ein Tsunami, der vom Horizont her auf das Boot und den Strand zurast. Meine Mutter tippt auf dem Handy herum, und auch Hauke dort draußen auf dem Boot hat dem Tsunami den Rücken zugedreht, denn er blickt ja Richtung Strand. Die beiden ahnen nicht, was passieren wird, nur ich kann die turmhohe Wand aus Wasser sehen, die sich uns nähert und uns zermalmen wird. Plötzlich kommt doch ein Schrei aus meinem Mund, und ich schreie und schreie, und von meinem eigenen Schreien wache ich auf.

Als sie wiederkommt, sitze ich aufrecht im Bett und bin, scheint's, immer noch blass vor Schrecken, denn genau das sagt sie zu mir, also dass ich blass sei und sie sich Sorgen mache. Da hatte ich gerade erst die Angst aus meinem Leben verabschiedet, und nun so etwas. Andererseits verarbeitet man ja im Traum Dinge, sagt man jedenfalls, und das gilt dann vemutlich auch für Gefühle. Mama hat broodje mitgebracht und *kaas* und diverse *groenten*, also Gemüse, die gar nicht alle *groen* sind, wie der Name vermuten lässt, sondern auch rot und gelb und orange. Nach kurzer Zeit hat sie ein Abendessen zubereitet, das fast wie zu Hause schmeckt, und ich frage mich, wie das wohl kommt, also wie meine Mutter es schafft, dass sich die Dinge gar nicht mehr fremd anfühlen. Wir essen im Bett, und es ist wie früher, an den seltenen Sonntagen, an denen mein Vater nicht da war und wir im Bett gefrühstückt haben, nur sie und ich. Sie will ziemlich viel wissen, und ich erzähle ihr vom theesalon und den unzähligen Schwierigkeiten des Spracherwerbs. Nur von Thijs erzähle ich ihr nichts, und als sie nach Hauke fragt, zucke ich mit den Schultern. Ich weiß nicht, wie es ihm geht. Das ist die Wahrheit. Und noch viel wahrer ist, dass ich auch nicht weiß, wie es mir selbst geht. Außer dass ich keine Angst mehr habe. Aber im Traum, da hatte ich Angst, große sogar, und deshalb versuche ich, nicht an den Traum zu denken, sondern lieber im Hier und Jetzt zu bleiben, mit Brummschädel und Mutterbesuch in meinem Utrechter Bett.

Sie bleibt vier Tage, dann muss sie wieder fahren. Schließlich ist sie eine relativ junge Mutter, arbeitet noch ein paar Jahre bis zur Pensionierung und kann sich ihren Pflichten nicht einfach entziehen. Da es mir am nächsten Morgen schon wieder viel besser geht, kann ich sie auf ein paar ihrer Touren begleiten, andere macht sie allein. In diesen vier Tagen schafft sie es glatt auf zwei Wochenmärkte, einmal ins Nijntje-Museum, das vor allem für Kinder gedacht ist und nach dessen Besuch man ein Rauschen in den Ohren hat, isst dreimal Torte im bakkerswinkel hinter dem Janskerkhof, läuft viermal durch alle 24 Kramläden in der Innenstadt – und am Ende sind wir beide sehr erschöpft. Erschöpft vom Reden und vor allem vom Umschiffen der vielen Klippen und Untiefen, die in jenen Themen lauern, über die ich nicht sprechen will und nach denen sie sich nicht so recht zu fragen traut.

Ob ich Berlin vermisse, will sie einmal wissen, und ich sage, ja, manchmal, ein bisschen, was nicht die Wahrheit trifft, denn an der Stelle meines Gehirns, wo einmal Berlin war, klafft zur Zeit ein weißer Fleck, so als hätte jemand mit einem Schwamm über die Tafel meines Gedächtnisses gewischt. Aber als wir am Bahnsteig stehen, an jenem Gleis, von dem aus die schnellen ICE in Richtung Deutschland abfahren, sieht sie fest auf den Punkt zwischen meinen Augen und holt noch einmal tief Luft. Auweia, jetzt kommt's, denke ich und trete einen kleinen Schritt zurück. Als könnte ich mich so vor den Worten schützen, die gleich aus ihrem Mund kommen werden, ein kindlicher Gedanke, ich weiß.

Ich hab mal was gelesen, weißt du, sagt sie, von so einem klugen Mann, Lichtenberg hieß der, ein Naturwissenschaftler, hast du sicher schon mal gehört, aber, was viel wichtiger ist, wenn es um Lebenserfahrung und so geht, das jüngste von siebzehn Geschwistern, und zwar hat der gesagt, warte mal, ich hoffe, ich kriege das noch irgendwie zusammen … Der hat so etwas gesagt, wie, dass er mal einen Gelehrten gekannt habe, der so oft Homer las und so in der klassischen Welt lebte, dass er das Wort »angenommen« nicht richtig lesen konnte, sondern stattdessen immer »Agamemnon« las.

Und bevor ich sie fragen kann, was das bedeuten mag, umarmt sie mich und weint ein bisschen, was normal ist, meine Mutter weint immer ein bisschen zum Abschied, und dann fährt auch schon der Zug ein, und wir wuchten die Tasche, aus der drei geworden sind, vollgestopft mit Gouda, Gebäck und blau-weißem Geschirr, in den Einstieg, und dann sehe ich ihr durch das Fenster dabei zu, wie sie sich mit dem ganzen Krempel durch den Gang quetscht und endlich ihren reservierten Platz findet, und ich merke, dass ich sie doch alles in allem ziemlich lieb habe. Meine Mutter. Und wie gut es ist, wenn einem das alle paar Jährchen mal vor Augen geführt wird.

Herstel

Jetzt ist es August und alle sind fort. Hauke, Mama, Thijs, auch Maja und John, meine ohnehin geisterhaften Mitbewohner sind im Urlaub und sogar der theesalon hat den ganzen August über Betriebsferien. Ich bin jetzt also saisonbedingt arbeitslos und sozial völlig verwaist. Meine Mutter hat mir ein Buch geschickt, in dem es um Trennungen geht und darum, wie man sich am besten von ihnen erholt. Trennungen, so habe ich gelesen, können sehr heilsam sein. Es bringe nichts, steht in dem Buch, mit einem Menschen zusammenzubleiben, der nicht zu einem passt. Die Gefühle sprächen da jedoch gern eine ganz andere Sprache, auch das steht in dem Buch. Und dass man diese dann zwar *annehmen*, sozusagen herzlich umarmen solle, aber trotzdem ein Einsehen damit haben müsse, dass es eben einfach nicht passe. Mit anderen Worten sagt das Buch also, dass man beim Treffen von Beziehungsentscheidungen nicht auf seine Liebe, sondern auf seine Vernunft hören solle. Unpassende Beziehungen würden krank machen, und sie weiterzuführen sei ein Verrat an der eigenen Spiritualität, lese ich da, und wer es schaffe, sich zu lösen und zu gehen, sei der stärkere und klügere von beiden. In gewisser Hinsicht ist dieses Buch eine Art Gegenentwurf zu den meisten paartherapeutischen Werken, die ich kenne, in denen das Kämpfen (Es lohnt sich!) und das Zusammenbleiben (Sie schaffen das!) und das Kompromissefinden (Versuchen Sie es!) propagiert wird. Nun also hat der Wind gedreht und der Trend driftet ins Gegenteil: Lass dich nicht auf etwas ein, das dir allzu viel Mühe macht.

Ich lese den Trennungsschinken ohne Begeisterung. In meinen Ohren klingt sein Inhalt nach dem intellektuellen Geschwafel eines Bindungsneurotikers, und ich kann ihn quasi vor mir sehen, diesen sogenannten Schriftsteller in seinem beziehungs- und beschränkungsfreien Leben, wie er von morgens bis abends ganz und gar und nur *er selbst* ist. Vielleicht sollte ihm mal jemand verklickern, dass immer *man selbst* zu sein nur dann eine gute Idee ist, wenn man auch ein wirklich hervorragender Charakter ist, also einer ohne seelischen Fehl und Tadel. Genau das aber sind die allermeisten Menschen ganz sicher nicht. Warum also, so frage ich mich, sollten wir, mit all unseren kleinen Macken und ausgewachsenen Fehlern, uns glücklich und zufrieden schätzen, wenn wir den lieben langen Tag so sein dürfen, wie wir eben sind? Was will man denn mit einem Partner, der einen so liebt, wie man ist, wenn man sich ganz eindeutig im Stadium der Unvollkommenheit befindet? Der Autor des Trennungsratgebers scheint zu denken, dass passende Paare sich genau dadurch auszeichnen, dass sie die Mängel des anderen entweder gar nicht wahrnehmen, oder aber gut mit ihnen leben können, ja sie sogar lieben. *Schatz, ich stehe so auf deinen Geiz, deine Eifersucht, deine Schweißfüße, deine extrem langweilige Art. – Danke Schatz, ich liebe dich auch, besonders für deine Nachsicht!* Aber noch gravierender erscheint mir die Frage, was man denn überhaupt noch mit sich selbst will, wenn man ganz augenscheinlich zu weiten Teilen ungenügend ist.

Viel besser, als diesen Quatsch zu lesen, ist es, ans Meer zu fahren. Mit dem Zug kann man in einer Stunde am Strand sein; da liegen Katwijk und Noordwijk und Scheveningen mit ihren komischen Architekturen, dem Strand mit seinen Buden und Pavillons, den weißen und bräunlichen Muscheln und den kleinen, völlig harmlosen Quallen, die manchmal genauso blau sein können wie der Himmel, dessen Farbe Yves Klein so gern gemalt hätte. Da sind die Dünen und die Boote auf ihren Lagerböcken, unter denen man bei Platzregen Unterschlupf finden kann. Vor allem aber ist da die *zee*, die dasselbe sanft summende Z hat wie der *zomer*. Egal, wie heiß und karibisch es draußen auch werden mag, nie wird die Nordsee ihren gräulichen Anstrich und ihre herbe Frische verlieren. Außer bei heftigem Sturm wird sie sich stur weigern, vernünftige Wellen zu produzieren, es sei denn Poseidon oder Neptun oder sonst ein Wassergott hat sie einmal ganz ausnahmsweise beunruhigt. Normalerweise aber ist sie stets in derselben ausgeglichenen hellgrauen Stimmung und

Färbung, die mein Gemüt, das in letzter Zeit ein bisschen zu viele, mal zu grelle, mal zu schwarze, Gedanken produziert hat, dankend übernimmt.

An Strandtagen packe ich eine große Tasche mit Handtuch, Sonnenschutz und Lektüren, nehme erst den Zug nach Leiden und dann den Bus nach Katwijk an Zee und laufe lange, lange den Strand hinunter, bis zu der Stelle, wo die Liegen und Buden und Luftmatratzen und Lenkdrachen und Burgen und tobenden Kinder und deutschen Touristen langsam ausdünnen und ich die sehnsüchtig auf ihre Besitzer wartenden Segelboote passiere. Danach endet die Infrastruktur, und normalerweise wird der Trubel schlagartig weniger. Dann suche ich mir dort eine Stelle, wo die Dünen beginnen, sanft ihre Buckel zu erheben, und lehne mich mit dem Rücken an einen der vielen kleinen Hügel, die alle ganz individuell geformt sind, und von denen ein jeder seine eigene Frisur aus gewöhnlichem Strandhafer hat. Wenn ich mich gemütlich eingerichtet habe, ziehe ich je nach Wetterlage möglichst viele Kleidungsstücke aus, was dazu geführt hat, dass meine Haut nach und nach die Farbe von *chocomel* angenommen hat. Die konsumiere ich aber erst später am Nachmittag in einer der Buden, wenn ich langsam den Rückweg antrete. Dann besuche ich dort eine ganz bestimmte, die eigentlich nur aus Holz besteht, und trinke eben jenen süßen, typisch niederländischen Kakao, den besonders die Kinder und die Kiffer lieben, oder ich bestelle eine noch süßere *fristi*, eine spezielle Erdbeermilch in allerhöchster Geschmackskonzentration, wie man sie bei uns maximal in diesen zuckrig-klebrigen Erdbeeren von Haribo findet, esse bitterballen und trinke koffie verkeerd. Ach, es fühlt sich so schön an, wenn die von Sonne, Salz und Sand abgeschmirgelte Haut das aufgeraute Holz der Bodendielen, Tische und Bänke berührt.

Bevor das alles geschieht, genieße ich aber erstmal den Tag. Dazu liege ich zum Beispiel auf dem Rücken und sehe den Wolken zu, wie sie oben am Himmel langsam oder schnell vorüberziehen, und bin froh, dass ich nicht ein einziges Mal ein mir wohlbekanntes Gesicht in ihnen entdecken muss. Ich lasse die vielen Formen einfach amorph sein, spiele kein Rorschach mit ihnen. Oft lese ich auch, jedoch keine psychologischen Ratgeber, sondern die Gedichte von jungen und alten Dichtern aus den Niederlanden oder Belgien; wilde Mischungen sind das aus Remco Campert, Hugo Claus, Miek Zwamborn und Ruth Lasters. Ich tue das nicht, um mich interessanter zu machen, denn außer den Möwen sieht mich ja niemand, sondern um mir selbst interessant zu bleiben. Die niederländischen und flämischen Verse füllen mich mit Bildern und Klängen und wunderbaren Worten, über die ich noch vor ein paar Monaten stundenlang hätte nachsinnen können. Aber ich bin ruhiger geworden, habe gelernt, nicht immer den Etymologien und Verwandtschaften nachzuspüren, sondern auch mal dem Material zu folgen, also dem wunderbaren Laut eines Wortes, das, spreche ich es laut aus, die hellen Härchen auf meinem Arm streichelt wie ein Wind, der den Waldrand erreicht.

Man sagt ja gerne, das Unbewusste und der Instinkt seien schneller als das bewusste und rationale Nachdenken, hätten oft eine Sache schon entschieden, bevor das Abwägen von Gründen überhaupt beginne. Hinterher denke der Mensch dann zwar, er sei der Herr oder die Frau über seine beziehungsweise ihre Entscheidungen gewesen, aber letztlich seien es doch irgendwelche hormongesteuerten und gar nicht bewussten Impulse gewesen, die den Ausschlag gegeben hätten. Beim späteren, also dem nichtmuttersprachlichen Sprachenlernen ist das jedoch meines Erachtens nicht so. Nach allem, was ich erlebt habe, entwickelt sich der instinktive Gebrauch für eine neue Sprache nämlich erst nach langer Zeit. Nachdem man sich jahre-, oft auch jahrzehntelang mit dem bewussten Lernen von Vokabeln und grammatischen Regeln herumgeplagt hat, kommt man irgendwann an einen Punkt, an dem einem die Sprache irgendwie anders näherrückt. Das ist der Moment, an dem man aufhört, ständig über das nachzudenken, was man da gerade liest oder hört, oder darüber, ob das, was man von sich gibt, wohl stimmen mag oder nicht. Dann treten zwei wunderbare Momente ein: Man erwischt sich dabei, dass man *einfach so* in der neuen Sprache liest oder denkt oder redet und ist ganz erstaunt über diese plötzliche Leichtigkeit, und man empfindet einen plötzlichen Genuss an etwas Sprachlichem, unabhängig davon, ob man es gerade versteht oder nicht. Die Sprache wird dann für kurze Zeit zu einem Sinneseindruck, einem puren Gestus, dessen semantische Richtung einem zwar klar sein mag, den man aber ansonsten nicht zur Gänze entschlüsseln muss, vergleichbar mit dem mal lachenden, mal weinenden Geschrei der Möwen. Beiden Momenten haftet eine Unmittelbarkeit an, die dem Muttersprachler im Heimatland gar nicht weiter auffallen mag, weil sie dort normal ist. Der Immigrantin in der Fremde, und mag sie auch noch so nah sein, sind diese Momente hingegen ein Quell stiller Freude und Entspannung.

Manchmal aber bohre ich auch einfach lange meine Zehen in den Sand und fühle, wie es unter der obersten Schicht immer kühler wird. Oder aber ich sammle Muscheln, für die es hinterher keinerlei Verwendung gibt. In dieses Sammeln, das sich vom Jagen scheint's nur dadurch unterscheidet, dass die Zielobjekte unbewegt sind, kann man sich richtig reinsteigern, denn die Vielfalt der Muscheln mit ihren Farben in allen Schattierungen von Rotbraun, Weiß oder Graublau, den diversen Größen und Formen ist unerschöpflich. Nie wird eine Muschel genauso sein wie eine andere, selbst wenn sie maximale Ähnlichkeit erreichen sollten, sind sie niemals vollkommen gleich. Jede Muschel, jede Wolke, jedes Sandkorn, merke ich dann, spricht seine eigene Sprache.

Und wenn mir zu warm wird, oder zu schwer, oder

zu langweilig, dann *gehe ich ins Wasser*. Natürlich nicht metaphorisch, sondern nur zum Vergnügen. Die Wassertemperatur nähert sich langsam, sehr langsam der 18 Grad-Marke, was die magische Grenze ist, um aus einer Rosskur eine herrliche Erfrischung zu machen, und wenn ich wieder herauskomme, prickelt mein Körper wie Ahoj-Brause und der Kreislauf läuft ganz buchstäblich im Kreis, und zwar ziemlich schnell. Wenn ich mich dann auf das warme Handtuch lege und der Wind meinen Körper streichelt, geht es mir gut. Meine selbst auferlegte Kur, die zur Genesung führen soll, was auf niederländisch *herstel* heißt, weil sie einen wiederherstellt nämlich, geht nun in die dritte Woche, und so langsam zeigt sich eine Wirkung. Ich weiß noch nicht ganz genau, worin oder woraus diese Wirkung besteht, doch manches hat sich seit dem Unfall verändert, und ich glaube, irgendwie zum Besseren. Ich bekomme zum Beispiel keinen Besuch mehr von Hauke. Still und leise, oder, wenn man den Unfall als Ursache ansehen will, meinetwegen auch mit einem großen Knall, hat er sich aus meinem Kopf verabschiedet. Vielleicht, so denke ich manchmal, habe ich meinen Privatgeist ja mit meiner irrsinnigen Fahrt an die Laterne irgendwie ausgetrieben. Jedenfalls lassen wir uns seither in Ruhe, und ich merke, dass mir das guttut. Natürlich, es ist auch einsamer so, aber manchmal und immer öfter wird aus der Einsamkeit jene Einheit, die in jedem Menschen schlummert, aber den meisten, so meine ich zu wissen, verloren gegangen ist.

Diese Einheit war auch das Erste, was mir an Thijs aufgefallen war, damals im theesalon, als er seinen Vortrag über relatieverslaving gehalten hat. Von dem kam übrigens vorgestern eine Postkarte an, aus Degania, dem Ort, an dem sein Kibbuz angesiedelt ist, oder beziehungsweise sind Ort und Kibbuz wohl identisch, das heißt, die Siedlung macht den Ort aus, wenn ich das richtig verstehe. Auf dieser Postkarte, die ich seit ihrer unverhofften Ankunft als Lesezeichen in einem der Gedichtbände mit mir herumtrage, ist vorne gekachelt der See Genezareth zu sehen und die Golanhöhen sowie eine Allee, die gesäumt ist von Palmen, und auf der Rückseite steht, dass es ihm gut gehe, dass er viele nette Leute kennengelernt habe und dass er mich *mist*.

Missen ist auch so ein schönes niederländisches Wort, das mir gefällt, weil es ohne die hässliche Vorsilbe *ver* auskommt, und das es im Deutschen auch gibt, bloß benutzt es heute niemand mehr. Ich finde, ohne das *ver* drückt das Wort das Gefühl, das es bezeichnet, treffender aus. Wenn ich die Karte, die schon ganz vergilbt ist von der Sonne, dem Sand und meinen salzigen Fingern, ansehe, fühle ich in mir nichts als eine ruhige, beinahe sachliche Heiterkeit. Es ist gut, denke ich dann, so wie es ist. Gehe hin in Frieden, mein Sohn.

Na ja, fast nichts. Natürlich würde es mich schon interessieren, wer all diese *netten Leute* sind, die er da kennenlernt, so groß ist der Ort ja auch wieder nicht. Wobei es natürlich eigentlich nichts ausmacht, wieviele Menschen er trifft, solange keine darunter ist, die *sein*

Herz näher angeht, um einmal aus Versehen Goethe zu zitieren. Obwohl mich das ja eigentlich nicht jucken sollte. Ich wusste schließlich von Anfang an, dass dieser Junge nichts für mich ist, nichts für mich sein *kann*, schon allein deshalb, weil er viel zu schön und schlau und heile für mich ist, ganz zu schweigen von seinem völlig nicht-biblischen Alter.

Am liebsten mag ich das Meer an den nun bereits wieder früher beginnenden Abenden. Langsam wird dann das Licht weicher, so als dimme jemand einen großen Scheinwerfer herunter, die See wird noch ruhiger und grauer, und die Möwen, die am Mittag aufgeregt kreischend wie Schulkinder in der großen Pause um die Essensreste der Strandbesucher kreisen, stehen dann manchmal minutenlang wie ausgestopft herum, als sähen auch sie auf den beginnenden Sonnenuntergang und sehnten sich nach der Ruhe der Nacht. Der Strand leert sich jetzt rasant, und all die Gummitiere und Schirme und Sonnenhüte verschwinden in den Autos, und die Autos in den Straßen, die auf Parkplätzen enden, in Einfahrten oder Garagen, und die Menschen, die herauskrabbeln wie Ameisen, landen zu guter Letzt in diversen Küchen und Betten. Und wenn sie dann irgendwann schlafen, träumen sie vom Meer. Wahrscheinlich. Vielleicht.

Wenn ich am Abend in den Bus nach Leiden steige, bin ich todmüde und zugleich bis in die Zehenspitzen aufgeladen von allen vier Elementen. Alles an mir klebt ein bisschen vom Sand; Lippen und Haut schmecken salzig wie Sardellen oder eingelegte Heringe. Der Bus schaukelt langsam und beruhigend durch die schon dunkel werdenden Straßen, vorbei an den Fischrestaurants und Ladenzeilen, der Kirche, in die am Sonntag Menschen in feinsten Kleidern strömen, als gelte es, Gott mit Haute Couture zu beeindrucken, hier ist sie also, die Manifestation des bijbelgordel, vorbei an den kleinen, aufgeräumten Vorgärten, die in ihrer Ordentlichkeit auf die Bewohner der roten und weißen Häuschen verweisen, die sich nicht selten hinter den großen Fensterscheiben entdecken lassen. Schließlich fahren wir auch und wie immer fast übergangslos durch Industrie, lassen McDonald's links liegen und ein riesiges, futuristisches Forschungszentrum der Universität hinter uns, daneben Weiden, eine plötzliche Windmühle, dann noch ein Stückchen Autobahn. Und natürlich immer wieder das vielfach besungene vlakke land. Die abrupten Wechsel von Schönheit und Hässlichkeit enden, wenn ich aus dem Bus gestiegen bin und den Bahnhof von Leiden hinter mir gelassen habe. Dann bleibt nur noch Erstere. Die Innenstadt von Leiden könnte man nämlich mit Fug und Recht auch als das größte Freilichtmuseum der Welt bezeichnen. Fast ist mir das hier zu viel des Schönen, Lieblichen und Alten; die Stadt mit ihren Grachten und herrlichen Baudenkmälern, die man kaum anders beschreiben kann als mit der Sprache der Reiseführer, hat die Anmutung einer Theaterkulisse, durch die sich Schauspieler bewegen, die vor allem Studenten darstellen, welche hier, noch mehr als in Utrecht, einen Großteil der Bevölkerung ausmachen.

Die Leidener Schauspieler-, äh, Studentenschaft ist gut organisiert. Zumeist tummelt sie sich in nicht unbedingt immerzu schlagenden Verbindungen, die, auch wenn ansonsten friedlich, gerne lauthals und betrunken traditionelles Liedgut bewahren, wahrscheinlich ohne dass es ihnen komisch vorkommt, die uralten Herrenhäuser bewohnen und dabei tagein tagaus an den pfeilgraden Grachten entlang fietsen oder schlendern. Ich weiß nicht, ob es ihnen egal ist, dass Rembrandt hier geboren wurde oder dass die Gemäuer, vor denen sie am Abend ihr Bierchen zischen, aus dem 12. Jahrhundert stammen, oder dass der *Hortus Botanicus* und die dazugehörigen Gebäude die vielleicht schönsten Flecken des Landes sind. Und wenn sie es wissen, ist es ihnen wahrscheinlich herzlich egal. Jedenfalls benehmen sie sich nicht groß anders als die Studierenden in Bochum oder Cottbus oder Rotterdam, was man ihnen sowohl als kulturelle Verrohung als auch als eine coole Form des Unbeeindrucktseins auslegen könnte.

Ich bin immer wieder zutiefst beeindruckt von Leiden, was vielleicht auch daher rührt, dass ich mich bei meinen Besuchen stets in einem Zustand großer emotionaler Empfänglichkeit befinde, so von den Gezeiten durchwirkt und berauscht vom Wein, den ich nach den langen Strandtagen entweder schon am Meer oder aber spätestens dann hier auf einer der Terrassen an den Grachten getrunken habe. Ja, ich trinke manchmal wieder. Zumindest an Strandtagen. Und jedesmal muss ich beim Trinken an den frühen Konstantin Wecker mit seinem damals noch blutjungen Gesicht denken, wie er am Klavier sitzt und mit der ganzen Kraft und Inbrunst seines von der Welt und all ihren Substanzen berauschten Herzens vom hochstehenden Himmel über der sommerlichen Stadt singt, der der Bauch schwillt, und von dem satten Gott, der auf ihren Dächern hockt und Genügsamkeit predigt. Da steckt sicherlich Georg Heym mit drin, denke ich jedesmal, auch wenn der dortige Gott wohl weniger der satte Gott des Kapitalismus als vielmehr ein wütender und kriegerischer Gott ist, wobei ja heute eigentlich beide ein einziger geworden sind. Es ist ein janusartiger Gott mit zwei Köpfen, die sich gegenseitig bekämpfen, der unser Weltbild bestimmt. Wenn ich an Wecker denke, denke ich jedoch weniger an die Weltpolitik als vielmehr an die von ihm besungene Stimmung in der sommerwarmen Stadt, an die Marktfrauen, die sich von dem regungslos am Fenster stehenden Dichter ein Lächeln einfangen, einem Dichter, der das Pulsieren der Außenwelt wahrnimmt und es satt hat, ein Abziehbild zu sein. Ich hatte es auch satt, ein Abziehbild zu sein, denke ich dann, doch zum Glück bin ich seit meinem Unfall bereits viel weniger Abziehbild als zuvor. Es ist gar so, als habe jemand ein Abziehbild von mir abgezogen, und als sei dieses Abziehbild an jenem unglückseligen Laternenpfahl an der

Oudegracht kleben geblieben, der somit gar nicht mehr unglückselig ist. Übrig geblieben ist ein Rohschnitt von mir, ein entkleideter, entblößter Mensch, den nur wenig hält, dafür aber auch wenig fesselt.

Vielleicht ist ja dies der Preis, den man für seine Freiheit zahlen muss: der Halt von außen. *Freiheit aushalten* hatte auf dem Schild hinter der Theke unserer Weddinger Kneipe gestanden, und was mir bisher immer als typische Formel der Trinker erschienen ist, gewinnt nun langsam an wirklichem Inhalt und Konturen. Freiheit ist wohl immer zugleich die Freiheit *von* und die Freiheit *zu* etwas: Soll heißen, wenn ich mich von meinen Fesseln befreie, gewinne ich zugleich die Freiheit zu selbstbestimmtem Handeln. Das kann beängstigend sein, denn woher soll ich wissen, was ich nun mit meiner neuen Freiheit anstellen soll? Also impliziert das Sichbefreien von Fesseln auch das Aufgeben von Sicherheit. Es gibt Verbrecher, die sich regelrecht davor fürchten, aus dem Gefängnis entlassen zu werden, und bewusst oder unbewusst alles dafür tun, um schnellstmöglich wieder hinter Gitter zu kommen. So werden die Mauern, die die Außenwelt vor dem Straftäter schützen sollen, zu solchen, die den Straftäter vor der Außenwelt schützen. Einer Welt, in der er, ohne den Sicherheit spendenden Halt und die Struktur der Institution, hilflos sich selbst und seinen Möglichkeiten ausgeliefert ist. Menschen, die aus langen Beziehungen fallen, und seien diese auch teilweise quälend gewesen, fühlen sich ähnlich.

Der Wahlspruch *Freiheit aushalten* meint, glaube ich, außerdem, dass Freiheit mehr ist, als einfach nur tun und lassen zu können, was man möchte, sondern dass in Freiheit zu leben eine Aufgabe ist, eine echte Herausforderung. Denn man kann sich ja nicht nur von äußeren, sondern auch von inneren Zwängen befreien. Der Trinker, der ungebremst seinen Begierden nachgehen kann, ist nicht frei; er ist der Sklave seiner Sucht, die sich in ihm zum Tyrannen aufgeschwungen und die Herrschaft über sein Denken, Fühlen und Handeln übernommen hat. Thijs hat mal was von Platon erzählt, der das wohl ähnlich gesehen haben soll. Aber man muss nicht unbedingt Platon gelesen haben, um sich vorstellen zu können, dass wahre Freiheit darin besteht, die Herrschaft über sich selbst wieder zu erlangen. Und im besten Fall wird aus der Kontrolle seiner selbst dann irgendwann innere Harmonie und Gerechtigkeit, so Platon, Thijs, so auch ich.

Habe ich eigentlich eben *unsere* Kneipe gesagt, oder gedacht, oder geschrieben? Ich glaube schon. Das Denken eines *Unser* haftet also immer noch an mir. Vielleicht, weil gemeinsame Besitztümer, selbst wenn sie *de facto* nur aus Schulden bestehen sollten, einen außerhalb der Beziehung liegenden Bezugspunkt darstellen, der so etwas wie eine gemeinsame Basis schafft, von der aus die Beziehungspartner diesem Bezugspunkt begegnen. Natürlich ist es eigentlich schöner, wenn dieser Bezugspunkt für jeden der jeweils andere ist, aber wenn das nicht möglich ist, ist gemeinsamer Besitz, sind Haus, Kind und Garten ein guter Ersatzfokus, den die meisten Paare irgendwann dankend in Anspruch nehmen. Vielleicht ist die selbstgenügsame Beziehung an sich ja ohnehin nur ein idealistisches und somit unrealistisches romantisches Konstrukt und wäre, wenn sie in einem ansonsten bezugs- und beziehungsfreien Raum existieren müsste, über kurz oder lang zum Scheitern verurteilt. Besitz schafft im besten Fall Sicherheit, Standpunkt und Perspektive: Jedes formulierte *Unser*, so scheint es, ist immer auch eine kurzzeitige Rettung vor dem Verlust des *Wir*.

Wer schon einmal am Morgen durch einen Garten gelaufen ist, der noch nass ist vom Tau, und dabei am einzelnen seidenen Faden eines begonnenen Spinnennetzes hängen geblieben ist, von einer Spinne, die ihr ambitioniertes Großprojekt nach diesem ersten Faden klugerweise wieder abgebrochen hat, hat vielleicht eine ungefähre Vorstellung von dem, was mich noch an der Vergangenheit hält. Es ist das letzte Glitzern einer fast durchsichtigen Hoffnung, wie sie einmal in jeder neuen Idee steckte, sei ihre Realisierung auch noch so aussichtslos. Auch in einer ranzigen und verschuldeten Kneipe kann sich dieses Glitzern verbergen, liegt es doch nicht im fertigen Produkt, sondern im gemeinsamen Traum von ihm, der es immer anders erscheinen lässt, als es ist. Anders und schöner. Wenn es etwas gegeben hat, das Hauke und mich wirklich verbunden hat, dann unsere Träume. An einer Theke lässt es sich wunderbar träumen, oder morgens im Bett, gerade dann, wenn die Aussicht auf einen leeren Kühlschrank oder einen Haufen dreckiges Geschirr die Küche zu einem unattraktiven Ort macht, für den sich ein Aufstehen nicht lohnen würde. Gemeinsames Träumen ist eine Fähigkeit, die vieles bewirken kann, alles eigentlich, nicht umsonst hat mal irgendwann irgendjemand den Spruch geprägt: *Wer keinen Mut zum Träumen hat, hat keine Kraft zum Kämpfen.* Dass es neben den unerfüllten auch die unerfüllbaren Träume gibt, müssen viele Menschen, darunter auch ich, erst lernen. In jedem Kinderleben gibt es viele unerfüllte Träume und Wünsche, die oftmals ganz konkreter Natur sind und theoretisch das Potenzial haben, jederzeit erfüllt werden zu können. Zum Beispiel, dass die Lehrerin morgen krank oder dass bald Sommerferien sein sollen; ein rosafarbenes Barbiepferd zum Geburtstag. Dass jedoch manche Wünsche oder Träume sich niemals erfüllen werden, können sich die meisten Kinder gar nicht vorstellen. Doch es sind nicht die unerfüllten, sondern die unerfüllbaren Wünsche, die sich im Laufe des Lebens häufen.

Tauchen diese bereits in der Kindheit auf, schafft man es oft sogar noch, sie bestmöglich für sich zu nutzen. Eine gute Freundin aus meiner Kinderzeit etwa hat jahrelang in dem festen Glauben gelebt, dass sie fliegen könne. Sie wusste, dass sie es bisher nur nachts in ihren Träumen getan hatte, aber da sie es am Tage noch niemals ausprobiert hatte, konnte ihr niemand glaubhaft machen, dass sie es nicht auch dann konnte. Auch sich selbst gegenüber hatte sie ihre Kunst zwar noch nie bei Tageslicht unter Beweis gestellt, doch solange das Gegenteil nicht bewiesen war, gab es für sie keinen Grund anzunehmen, dass es am Tage nicht funktionieren sollte. Niemand konnte ihr das Gegenteil beweisen, und sie selbst war über jeden diesbezüglichen Zweifel erhaben. Erst viel später habe ich begriffen, dass dieser Wunschtraum meiner Freundin, deren Kindheit, wie ich ebenfalls erst später erfuhr, nicht immer eine leichte und gute war, das Gefühl verlieh, im Zweifel einfach davonfliegen zu können. Ein Gefühl, das wiederum gepaart, wenn nicht gar identisch, war mit dem der Selbstermächtigung.

Wenn ich also hier so sitze und meine Vergangenheit Revue passieren lasse, könnte ich vielleicht zusammenfassend sagen, dass unerfüllbare Träume dann etwas Gutes sind, wann immer sie dem Menschen die Kraft geben, sein Jetzt zu ertragen. Es gibt jedoch auch Träume, die eher schaden als nutzen, und zwar dann, wenn diese sie dazu verführen, ein ganzes Leben lang in einem Zustand der Potenzialität zu verharren und sich dabei permanent zu sagen, dass *bald mal etwas passieren, sich etwas ändern, die Dinge an Zug gewinnen* müssten. Diese Art des Träumens kann verheerende Folgen haben, zumindest dann, wenn sie das Leben des Träumenden zum Stillstand bringt, ihm den Akt raubt und die Flügel lähmt. Hauke und ich sind wohl irgendwann von dem ersten, guten Zustand des Träumens in den zweiten, weniger guten geglitten, und aus dem gemeinsamen Traum vom eigenen Laden, der großen Selbstständigkeit und Freiheit, der uns stark gemacht hatte, war irgendwann ein Wunschtraum geworden, den wir beschworen hatten wie einen altersschwachen Flaschengeist, während unsere Kraft, ihn in die Wirklichkeit zu überführen, längst in Suff und Schulden zerflossen war.

Wenn ich nach diesen langen Tagen am Meer schließlich wieder im Zug nach Utrecht sitze, den Kopf, der ein bisschen schwer vom Wein ist, an die Fensterscheibe gelehnt, und mich bemühe, nicht zu fest einzuschlafen, träume ich nur noch von meinem Bett. Das ist ein Traum, der psychologisch nicht besonders aufgeladen ist, denn ich will ja bloß hinein, um zu schlafen, und nicht, um irgendwelche anderen Wünsche darin zu befriedigen, also nicht den Pfad einschlagen, den Deleuze und Guattari im *Anti-Ödipus* beschreiben, wo steht, sich zu lieben heiße nicht, es nur einmal, oder selbst zweimal, sondern es hunderttausend Mal zu treiben. Der weckersche Gott auf diesem Hausdach treibt es sicher mehr als tausendfach, aber ich treibe es gar nicht mehr, und die Latenz gibt mir inneren Frieden. Manchmal denke ich gar, dass die Menschheit insgesamt zufriedener wäre, wenn sie ganz auf Liebesbeziehungen verzichten würde. Sicher, man müsste irgendwie Nachwuchs garantieren, um nicht ganz auszusterben, aber da gibt es ja längst technische Möglichkeiten. Wenn ich so etwas denke, während draußen das vom Mond beschienene platte Land mit seinen schnurgeraden Gräben an mir vorbeizieht, weiß ich, dass es nicht mein ganzes Ich ist, das hier denkt und schreibt, und dass ein Teil von diesem Ich seit dem Unfall an der Laterne in Deckung gegangen ist. Und insgeheim warte ich nur darauf, dass dieser Teil, den ich den wilden, den liebenden, den begehrenden Teil nennen will, eines schönen Tages wieder in mir erwachen wird. Aber solange er selig schläft, kann ich mich getrost ausruhen und muss nicht gezielt darüber nachdenken, was jetzt zu tun ist mit Thijs oder Hauke oder dem, was man so leichthin Leben nennt.

Hond III

Am Morgen unter der Dusche singe ich den Vogelfänger aus Mozarts *Zauberflöte*. Auch wenn ich natürlich furchtbar stümpere, habe ich doch das Gefühl, mit meiner Stimme zumindest eine gewisse Ähnlichkeit zur Abfolge der mozartschen Tonfolgen hinzubekommen; das ist Nachahmung in Bestform, zumindest in der besten mir möglichen Form. Die berühmte Arie der Königin der Nacht hingegen gelingt mir höchstens vom emotionalen Ausdruck her. Die Töne, die ich da produziere, sind in etwa so genau wie die eines Kindes, das *Gack-Gack* sagt und damit die Sprache der Hühner zu imitieren glaubt. Der Vogelfänger jedoch klingt aus meiner Kehle einigermaßen wie ein Lied; ich mag die gute Laune dieses Gesellen, der gar *fröhlich heißa hopsasa* durch Feld und Wald streift. Dass die Vögel in seinem Käfig angesichts ihrer Freiheitsberaubung hingegen wahrscheinlich alles andere als fröhlich sind, kommt dem Spaßvogel gar nicht in den Sinn. Der hat ganz andere Fantasien, zum Beispiel hätte er gern, dass die Vögel in seinem Käfig Mädchen in einem großen Netz wären, von denen er sich dann das prächtigste aussuchen könnte. Wenn Mozart gewusst hätte, welche

Brisanz seine für damalige Zeiten sicher hitzig zu nennenden Fantasien in Zeiten von Tinder und Co. noch einmal bekommen würden, hätte er vielleicht etwas anderes erdichtet. Vielleicht aber auch nicht.

Das Wetter ist seit Wochen *heerlijk* lekker, kaum mal ein Wölkchen am Yves-Klein-blauen Himmel, leichter Seewind, keine Gewitter, kein Regen, nichts. Das saftige Grün der Bäume und Wiesen in den Parks droht langsam zu vergilben, und die normalerweise stets frische Landschaft dürstet nun nach Feuchtigkeit. Dass die Examen durch sind, war deutlich erkennbar an den Schultaschen und Flaggen, die eine Zeit lang aus den Fenstern hingen. Jetzt sind die Schulferien längst in vollem Gange, an der Universität ist es viel leerer als sonst, die Busse fahren seltener, selbst die Möwen schreien irgendwie weniger aufgeregt.

Ich stehe also unter der Dusche und singe, als mir plötzlich ist, als hörte ich ein Winseln, nicht das meiner eigenen Stimme, sondern ganz eindeutig das eines Tiers, genauer gesagt eines Hunds. Ich drossle den Duschstrahl und meinen Gesang, um besser lauschen zu können, und wieder winselt es, dann jault es sogar ein bisschen. Das kleine Fenster in der Dusche ist geöffnet, die Geräusche kommen eindeutig von der Straße unten, und schnell befreie ich mein Haupt von Schaumresten, schnappe mir den Hocker und steige kurz entschlossen hinauf. Unten auf der Straße ist die etwas vertrocknete Brombeerhecke zu sehen, die dieses Jahr wie alle Bäume und Sträucher wunderbare Früchte getragen hat, und der Ahorn und daneben die Bank und neben der Bank der Mülleimer, und neben dem Mülleimer hockt der Basset. Dass es nicht irgendein Basset sein kann, sondern *der* Basset ist, den ich irgendwann im späten Frühling gesehen habe und dann noch ein weiteres Mal, *der* Basset, der irgendwie Hauke in mein Leben zurückgebracht hat, sehe ich an der hellbraunen Farbe seines langen Rückens und an den treuen Augen, die sich jetzt auf mein Gesicht am Fenster heften; dabei dachte ich immer, Hunde seien kurzsichtig, na ja, dieser hier ist es jedenfalls nicht. Sein Blick geht mir *durch Mark und Bein*, wie man so schön sagt, und mit wackeligen Knien steige ich vom Hocker hinab. Es bleibt mir nichts anderes übrig, ich muss da jetzt runter.

Da es sehr warm draußen ist, ziehe ich nur schnell ein leichtes Sommerkleid über meinen feuchten Körper, nehme meine mittellangen, mittelbraunen Haare, die tropfnass sind, zu einem kurzen Zopf im Nacken zusammen, schlüpfe in meine Badelatschen, die wie Gummitiere neben der Dusche warten, schnappe mir den Schlüssel – verdammt, wo ist der Schlüssel? –, mein Herz klopft, ich merke, dass ich ungehalten werde, fast panisch, wie mir der Schweiß ausbricht, ach, wie ich das hasse, wenn der frisch geduschte Körper gleich wieder zu schwitzen beginnt –, da habe ich ihn, er liegt unter der Jacke auf dem Stuhl neben der Haustür, ich laufe die Treppen hinunter, öffne die Haustür, stecke den Kopf durch den Spalt in Erwartung von, ach, ich weiß nicht was, von allem vielleicht, oder gar nichts, und dann stehe ich auf der Straße. Da sitzt der Hund und klopft dreimal mit dem Schwanz auf den Boden, als wollte er sagen: Hallo, das wurde aber auch Zeit.

Langsam nähere ich mich dem Tier. Seine Treueherz-Augen schauen mich an, er hechelt, und dann steht er auf und läuft mir entgegen. Es ist jetzt nicht gerade so, dass ich Hunde besonders schätzen würde, also dass ich einer dieser Hundenarren wäre mit einer besonderen intuitiven Verbindung zur einfachen Kreatur oder so etwas, sondern die Hunde meines Lebens waren bisher immer die Hunde der anderen, von jenen zu Lebzeiten meist abgöttisch geliebt und danach elendig betrauert. Hunde leben ja oft nicht allzu lange, sondern sterben nach ein paar Jahren, gerne durch Autounfälle oder an Krebs, weshalb ich nie verstanden habe, wie man freiwillig sein ganzes Herz an etwas hängen kann, das höchstwahrscheinlich vor einem selbst diese Erde wieder verlassen wird, aber wer weiß, vielleicht ist ja auch gerade das der besondere Reiz. Der Basset vor mir ist augenscheinlich ganz allein zu Besuch gekommen. Ich sehe niemanden sonst herumstehen, die oder der ungeduldig mit der Leine winken würde. Vielleicht habe ich mich ja damals einfach vertan, als ich, oben am Badezimmerfenster stehend, den um die Ecke biegenden Mann für Hauke gehalten habe, oder mir hat mein Unterbewusstsein einfach einen Streich gespielt und mir ein symptomatisches Phantom oder fantastisches

Symptom geschickt, das mich dann ein paar Wochen lang nicht mehr losgelassen hat.

Hallo Hund, sage ich ratlos, als er herangekommen ist, und mir bleibt nichts anderes übrig, als kurz meine Hand auf seinen schönen honigbraunen Schädel zu legen. Er wedelt mit dem Schwanz, mag mich augenscheinlich, und dann sehe ich, dass er aus der Nähe ein kleines bisschen verwahrlost wirkt. Ohne Halsband ist er unterwegs, das linke Auge tränt, und sein Fell ist so stumpf wie mein Haar. Wir beide sind uns ähnlich, was mich seltsam rührt.

Hmm, Hund, sage ich, allerdings mehr zu mir selbst als zu ihm, wo kommst du denn bloß her und was machen wir jetzt mit dir?

Er dreht sich einmal im Kreis und jault, und ich glaube zwar, dass es sich um eine Antwort handelt, verstehe aber die Botschaft nicht. Will er sagen, hier bin ich und hier bleibe ich auch, oder eher: Komm, lass uns endlich aufbrechen? Beides ist möglich, und wenn das Medium tatsächlich die Botschaft ist, dann muss man wahrscheinlich sagen, dass ich in meinem Leben nun tatsächlich ganz und gar *auf den Hund gekommen* bin.

Gestern bereits habe ich den Hund ins *dierenasiel* gebracht, ein Tierheim hier gleich um die Ecke, denn wo soll ich den Kleinen auf Dauer lassen? In meinem winzigen Zimmer ist ja kaum Platz für mich selbst, und unsere kleine WG-Küche gibt auch keinen geeigneten Ort für ihn ab. Mittlerweile bin ich mir sicher, dass er genau wie ich von irgendwo abgehauen sein muss, denn abgesehen von seinem zur Zeit etwas ungepflegten Äußeren ist er wohlerzogen und schlau. Nachdem ich ihm am Tag seiner Ankunft etwas Wasser gegeben und die Reste vom Rindergulasch verfüttert habe, sind wir drei Stunden lang zusammen durch die Stadt gestreunt, er immer einen halben Schritt vorweg, seine Hinterbeine auf Höhe meiner Knie. Den ganzen Weg über hat er also die Nase vorn gehabt und die Route bestimmt, die uns von Wittevrouwen kreisförmig um die Innenstadt erst durch die Vogelenbuurt und durch Lombok, sodann durch den Dichters- und Rivierenwijk und schließlich durch Hoograven und den Beatrixpark wieder zurück in den Osten der Stadt geführt hat.

Als wir gestartet sind, habe ich noch den Eindruck gehabt, der Hund habe eine Fährte aufgenommen, da er ein wenig geschnuppert und mit den Ohren gewackelt hat und dann selbstbewusst in eine ganz bestimmte Richtung aufgebrochen ist. Ich habe keine Ahnung gehabt, wohin er mich bringen würde, aber ich bin neugierig gewesen und ein bisschen aufgeregt. Plötzlich hat der Hund die Lösung aller Probleme versprochen, und als wir Stunden später wieder am Ausgangspunkt unserer Reise, der Bank unter meinem noch immer geöffneten Badezimmerfensterchen, angekommen sind und der kleine Basset mich sichtlich erschöpft, aber auch stolz mit dem Schwanz wedelnd von unten herauf angeschaut hat, habe ich laut gelacht. War ich wirklich so eine Idiotin, tatsächlich zu glauben, das

Schicksal habe mir diesen Hund geschickt, damit er mich aus meiner Sackgasse befreien und hinaus in ein neues Leben führen würde? Und was habe ich in diesem neuen Leben erwartet? Einen geheimen Unterschlupf, den Hauke sich in einem verlassenen Fort geschaffen hat? Thijs, der mich zu einem lekker lunch in ein geheimes kleines Restaurant einladen will? Oder doch einen Fremden, den Ritter aus dem abschließbaren Schloss, auf den schon Aschenbrödel und Julia Roberts so sehnlichst gewartet haben? Überhaupt ist mir beim Blick auf das entwaffnende Hundegesicht, das sich schlicht und einfach freute, den Weg zurück so einwandfrei wiedergefunden zu haben, klar geworden, wie sehr ich immer noch darauf hoffe, dass mir irgendjemand oder irgendetwas die Zügel aus der Hand nehmen und mich führen würde. Wohin auch immer.

Ich habe den Hund dann mit nach oben genommen und ihm eine große Portion Trockenfutter, das ich ihm in einem der Supermärkte gekauft habe, in einer Müslischale serviert, ihn später sogar geduscht, was er sich recht brav hat gefallen lassen. Zwei Tage hat er es gut bei mir gehabt, aber gestern ist Schluss gewesen. Er kann mich nicht begleiten, vielleicht werde ich fliegen müssen, außerdem ist er ein wundervoller Hund, wohlerzogen und mit starkem Charakter, der eine Familie mit vielen Kindern verdient hat, die allesamt mit ihm in einem riesigen Garten herumtoben. Vielleicht habe ich unbewusst schon gestern das kleine Wort *morgen* gedacht, jenes verheißungsvolle Wort der Scarlett O'Hara, das im Deutschen genauso geschrieben wird wie im Niederländischen, als ich meinem Impuls gefolgt bin und den Hund fortgebracht habe, nicht ohne Tränen wohlgemerkt, aber ich habe ja gespürt, dass ich das Richtige und Notwendige tue.

Eindstation

Am letzten Sommertag des Jahres erwache ich morgens bei stahlblauem Himmel, an dem die Möwen wie weiße Fetzen herumwirbeln. Heute, denke ich. Es ist das erste Wort, das ich an diesem Tag denke, dieses *Heute*, so als hätte ich etwas Vorbereitendes geträumt. Und tatsächlich kommen mir nun Erinnerungsfetzen an einen Traum hoch, den ich in den frühen Morgenstunden gehabt haben muss. Der Traum war seltsam, ich sah mich selbst als kleines Kind in einem alten Jahrmarktkäfig stehen, so einem, in dem man früher die Schlangenfrau oder den Riesen präsentierte, und auf einmal wurde der Käfig herumgewirbelt. Mir passierte nichts, denn ich war angeschnallt wie im Karussell, doch ich sah meine großen, angstvoll aufgerissenen Augen. In dem Traum war ich beides, das Kind im Käfig, auf dessen kleinem Anzug sogar mein Name in weißer Schrift aufgestickt war, und zugleich die Mutter, deren Perspektive ich einnahm, da ich von außen auf das Kind sah; im Grunde also sah ich und fürchtete ich um mich selbst. Was genau dieser Traum mit meinem heutigen Tag zu tun haben wird, kann ich nicht sagen, sicher ist nur, dass etwas passieren beziehungsweise geschehen wird, oder aber, um es genauer zu sagen, dass ich mich in Bewegung setzen werde.

Und nun stehe ich hier am Flughafen Schiphol, der zu Amsterdam gehört, und lese die Abflugzeiten der Maschinen auf einer großen Tafel, während ununterbrochen Menschen mit Koffern und Rucksäcken an mir vorbei eilen. Flüge nach Berlin-Tegel gibt es zuhauf, mit KLM oder easyJet, und man ist so schnell da, dass man noch während des Starts wieder in den Landeanflug geht. Kostenfaktor sind ungefähr 100 Euro, sagt mir das Handy. Nach Tel Aviv-Jaffa, was deutlich weiter entfernt ist, dauert es auch nur viereinhalb Stunden – und kostet gerade mal schlappe 30 Euro mehr. Zeit und Geld sind also keine Argumente, weder gegen das eine noch gegen das andere Reiseziel. Der Name Transavia sagt mir nichts, aber das ist ja unerheblich. Wer heutzutage abstürzt, liegt bestimmt nicht deswegen zerschmettert am Boden, weil er die falsche Fluggesellschaft gewählt hat. Weder Attentäter noch Zugvögel bevorzugen eine bestimmte Marke, jedenfalls soviel ich weiß. Den eventuellen Absturztod kann ich somit ebenfalls nicht für meine Entscheidung, wohin es denn nun eigentlich gehen soll, ins Feld führen, womit ich mich angesichts meiner rasanten Spritztour an der Oudegracht vor wenigen Wochen ohnehin mir selbst gegenüber unglaubwürdig machen würde. Erst wie eine Irre gegen einen Pfahl rasen und dann das sicherste Verkehrsmittel der Welt gegen sich selbst ausspielen, das ergibt auch bei Nahem betrachtet wenig Sinn. *Was will ich eigentlich überhaupt hier am Flughafen?*, wäre eine gute Frage, die zu stellen und zu beantworten sich lohnen dürfte, oder vielleicht gleich die komplette Version: *Was will ich eigentlich überhaupt?*

In den letzten Tagen habe ich zweimal recht plastisch von Thijs geträumt und mir Fotos von Hauke und mir in einem Urlaub in Ungarn von vor sechs Jahren angesehen, die ich auf einer alten Festplatte vermutet und gefunden habe. Und auf einmal hatte mich die Vorstellung heimgesucht, dass ich wahrscheinlich so lange hier in diesem kleinen orangefarbenen Land festsitzen würde, bis mich eine dieser beiden männlichen Gestalten aufsuchen würde, und zwar physisch, also ganz real, nicht als Geister oder Gespenster. Und so würde ich also aller Voraussicht nach hier sitzen und warten, bis ich schwarz wäre, schwärzer als der Zwarte Piet höchstpersönlich. Aber, und das war mir dadurch klar geworden, dass ein kleiner brauner Hund mich im Kreis herumgeführt hatte, ich wollte nicht mehr warten. Das Leben war viel zu schade, um es als Wartesaal zu benutzen, außerdem machte man sich durch Warten schwach und angreifbar, ausgeliefert wie Dornröschen ihrem hundertjährigen Schlaf, aus dem nur der Prinz es wachküssen kann. Also habe ich meine Topfpflanzen in die Küche gestellt, damit sie wenigstens eine kleine Chance bekommen sollten, dass Maja oder John, die nach wie vor selten zu Hause sind, sie ab und zu gießen würden, den Hund fortgebracht und meinen kleinen Reisekoffer gepackt. Er wiegt acht Kilo und 25 Gramm, ist also sogar tauglich fürs Handgepäck, ich will ja Mobilität und keinen Klotz am Bein.

Fast alle reisen heute mit Handgepäck, fällt mir auf, zumindest die Inlandflugreisenden, die Flugzeuge mit der gleichen Selbstverständlichkeit benutzen wie der gewöhnliche Mensch die Eisenbahn. Außerdem haben die Menschen es eilig – alle außer mir, die ich wie eine lebende Statue in der Halle vor der Tafel mit den Abflugzeiten und Terminals stehe. Um mich herum tobt ein Korybantentanz, dessen Tänzer aus Menschen mit Rollköfferchen bestehen. Wobei die Tänzer natürlich weder alle männlich sind, noch nackig, noch antik – so wie es damals die Korybantentänzer im alten Sparta waren, und kurz gebe ich mich der lüsternen Vorstellung hin, ich wäre hier in dieser Halle nur von jungen, unbekleidet tanzenden Männern umgeben.

Solchen wie Thijs zum Beispiel, dessen physische Anwesenheit mir durchaus fehlt. Und Hauke, fehlt mir der auch? Nachdem ich seinen Geist mit der Laternenpfahltherapie ausgetrieben habe, hat er sich nicht mehr bei mir blicken lassen. Seither ist eine gewisse Leere in mir, die nicht unbedingt unangenehm ist, aber doch ein bisschen an die verkaterte Stille in einer noch dunstigen Wohnung nach einer großen Party erinnert. Vielleicht habe ich ja, ohne es zu wissen, eine bipolare Störung entwickelt, und nach den Wochen des Wahns folgt nun die Depression. Ich weiß es nicht, und eigentlich ist es mir auch egal. Wirklich. Mein Seelenleben interessiert mich nicht mehr.

Ich packe den Rollkoffer und gehe erstmal in die Flughafenbuchhandlung, die ziemlich gut sortiert ist und neben niederländischer auch eine Ecke mit englischer und ein Regal mit deutscher Literatur führt. Wer reist, braucht Lektüre, und ich bin neugierig zu erfahren, was die Niederländer wohl so für das kanonische Mustread des, der deutschen Sprache mächtigen, Handels- und Spaßreisenden halten.

Das deutschsprachige Regal ist schmal und umfasst etwa 50 Bände, davon einiges in Übersetzung wie die Harry-Potter-Bücher und irgendwelche eigentlich schwedischen Krimis. Dann steht da zweimal Irgend-was-von-Goethe, Thomas Mann *Der Zauberberg*, Ferdinand von Schirach *Verbrechen*, Uwe Tellkamps gesammelte Bemerkungen und ganz am Schluss Beate Zschäpe *Mein Leben*. Als habe jemand mit der Auswahl etwas über den stetigen Verfall der deutschen Kultur aufzeigen wollen, denke ich. So eine Art Versinnbuchlichung für die stetige kulturelle Verelendung des menschlichen Denkapparats. Dazwischen finden sich dann jedoch noch falsche Fährten zur Verwirrung wie Wladimir Kaminers Allgemeinplätze über Berlin – oder waren es allgemeine Plätze in Berlin? –, Hape Kerkeling zum Extrem-Wandern-und-dabei-Witze-machen und Schiller. Was für eine irrsinnige Mischung! Ich muss lachen. Ein hübsches, grau meliertes Bändchen von Rilke jedoch sticht heraus und übt eine gewisse Anziehungskraft auf mich aus. Es steht da im Regal, ganz klein und verloren zwischen all seinen laut nach Aufmerksamkeit schreienden Brüdern und Schwestern, und ich nehme es zur Hand. Wider Erwarten enthält es keine Gedichte, sondern Briefe. Wieso um alles in der Welt, stehen hier Briefe von Rilke? Dann sehe ich, dass der Rilke auch noch falsch einsortiert ist, da es sich um eine englische Ausgabe der Briefe handelt und er also eigentlich in das andere Regal mit der englischsprachigen Literatur gehören müsste, was das Ganze noch absurder werden lässt. Vielleicht ist das ein Zeichen dafür, dass ich dieses Buch kaufen sollte. Es liegt wirklich gut in der Hand, ist nicht zu groß, aber auch nicht winzig, mit einem Leineneinband, in den Autor und Titel eingestanzt sind. Wirklich hübsch. Ich schlage es nach dem Zufallsprinzip irgendwo auf und lese Folgendes:

There are such connections, which must be a very great, an almost unbearable happiness, but they can occur only between very rich beings, between those who have become, each for his own sake, rich, calm, and concentrated; only if two worlds are wide and deep and individual can they be combined.

For the more we are, the richer everything we experience is. And those who want to have a deep love in their lives must collect and save for it, and gather honey.

Was soll ich sagen? Irgendwann im Leben fällt, wenn er oder sie ein bisschen Glück hat, bei jedem Menschen einmal irgendein Groschen, und doch gibt es leider keinerlei Patentrezept dafür, ob und wann oder warum dies geschieht. Manche lassen sich bis zur völligen Erschöpfung therapieren, besteigen den Mount Everest oder meditieren 17 Jahre lang in einem Schweigekloster und nichts Wesentliches passiert. Andere trinken eines Nachts in einer Bar mit einem völlig Fremden ein paar Whiskey zu viel und sehen plötzlich klar. Und wieder andere sind vielleicht bereits mit gefallenem Groschen geboren worden. Ich für meinen Teil musste also erst hierher finden, in diese Buchhandlung des Flughafen Schiphol, deren Buchhändler entweder allesamt im Praktikum sind oder einen wirklich ausgefallenen Sinn für Humor haben, musste erst eine englischsprachige Ausgabe von Rilkes Briefen in die Hand bekommen und dann noch ganz aus Versehen die richtige Seite aufschlagen, um ein paar Worte zu lesen, die es einfach so und ohne jede Gewalt vermögen, mich wieder mit mir selbst zu befreunden. Ein irrer Zufall. Doch wer weiß schon zu sagen, ob es wirklich pure Koinzidenz ist, die mich hierher geführt hat, oder nicht vielmehr eine vom Schicksal ganz und gar ausgeklügelte Kaskade von Ereignissen, die irgendwann in einem westfälischen Krankenhausbett begonnen und ihren Weg über eine ranzige Weddinger Kneipe genommen hat, um nun hier komplett sinnvoll an diesem völligen Nichtort in etwas Wunderschönem zu münden. Vielleicht wäre es niemals zu diesem Moment gekommen, wenn auch nur ein winziger Baustein meines Lebens aus irgendeinem Grund anders ausgesehen hätte. Wer weiß.

Ich gehe zur Kasse und kaufe das Buch für 22,50 Euro. Der Angestellte, der genauso gut Handys verkaufen könnte, schaut gar nicht hin, als der Ladenhüter in meiner Tasche verschwindet und wir gemeinsam das Geschäft verlassen. Mit roten Wangen durchquere ich die Halle und einen langen Gang und eine weitere Halle, bevor ich aus dem Flughafengebäude hinaus in Richtung des Schildes zur angegliederten Bahnstation laufe. Bevor ich meinen Zug besteige, mache ich noch einen schnellen Zwischenstopp an einer Frikandelbude, denn zu reisen und Dinge zu verstehen und natürlich die Luft und die Liebe, das alles macht gleichermaßen furchtbar hungrig. Im Sprinter Richtung Utrecht ziehe ich die Schuhe aus, lege die Füße auf den gegenüberliegenden Sitz und esse die *Frikandel speciaal* aus ihrer Pappschale. Sie schmeckt in etwa so lekker wie diese weltberühmte Currywurst, die der alte Mann am Alexanderplatz so meisterlich zubereitet, wenn nicht besser. Draußen zieht das Land vorbei, und ich bin froh, endlich zu Hause zu sein.

Inhalt

Zitatnachweis:

Das Motto stammt aus Robert Walser: *Der Räuber*. Zürich und Frankfurt am Main, Suhrkamp Verlag 1986, S. 20.